Roux le fou

Du même auteur, au Boréal

Blues 1946
Otish
L'Ours de Val-David
Trafic

Gérald Gagnon

Roux le fou

roman

Boréal

Les Éditions du Boréal sont inscrites au Programme de
subvention globale du Conseil des Arts du Canada.

Maquette de la couverture: Rémy Simard
Illustration: Gérard

© Les Éditions du Boréal
Dépôt légal: 4ᵉ trimestre 1993
Bibliothèque nationale du Québec

Diffusion au Canada: Dimedia
Distribution en Europe: Les Éditions du Seuil

Données de catalogage avant publication (Canada)

Gagnon, Gérald, 1933-

Roux, le fou: roman

(Boréal inter; 25)
Pour les jeunes.

ISBN 2-89052-568-6

I. Titre.

PS8563.A324R68 1993   jC843'.54   C93-097183-3
PS9563.A324R68 1993
PZ23.G33Ro 1993

À Marie

I

Il faisait nuit lorsque j'ai abordé le rivage, au pied de la falaise. J'ai renversé mon canot, la quille face à la pluie intermittente, et je me suis glissé dessous.

C'était il y a trois ans, le dernier jour de juin 19✳✳.

À la pointe de l'île, un grand feu pétillait, qu'on entretenait avec des rameaux de sapin pour chasser les moustiques. Au moment de m'endormir, il m'a semblé qu'une mélodie se mêlait au double crépitement des flammes et des gouttelettes sur la toile du canot.

C'était quelques jours après la fin des classes. J'étais en vacances, mes premières en cinq ans.

J'avais passé les étés précédents à la ferme de mon oncle Alfred. Le travail était dur, mais l'oncle payait bien. Or, comme je suis économe, j'avais amassé un assez gros pécule que j'avais l'intention de dépenser au cours de cet été, durant lequel je devais choisir le métier que j'exercerais.

«Un été au fil de l'eau me permettra de réfléchir», m'étais-je dit. J'avais expédié mon canot par camion au lac Clair et le jour suivant, pris le train pour l'y rejoindre. Je voulais descendre l'Iloise sans me presser, par petites étapes. J'espérais atteindre le fleuve vers le 10 juillet. Après? Je verrais bien.

Depuis cinq jours donc, j'avironnais doucement sur la rivière, tirant souvent mon embarcation sur les berges pour la popote ou le repos. Lorsqu'il pleuvait, mon canot m'abritait —

comme ce soir-là, alors que la pluie tambourinait sur la toile et que de l'île s'envolaient des accents plaintifs qui ensorcelaient mes rêves.

II

À mon réveil, le crépitement de la pluie avait cessé, remplacé par une sorte de martellement sonore, discontinu. En ouvrant les yeux j'ai vu qu'il faisait beau. Le soleil venait à peine de se lever et l'ombre de l'île s'étendait très loin sur l'eau, jusqu'à lécher la rive de la pointe où je campais.

À nouveau, un choc sur la toile du canot; assez fort, celui-là.

Je suis sorti de mon abri et j'ai reçu une pierre d'assez bonne taille derrière la tête. J'ai plongé au sol, le nez dans la rosée. Devant mes yeux, une fourmi noire s'escrimait à faire passer une brindille par-dessus l'arête d'un caillou.

— Roux, arrête! Ce n'est pas gentil, a crié une voix féminine.

Ce ne l'était pas, en effet. En relevant la tête, j'ai aperçu une tignasse flamboyante que surmontait un béret trop petit. À plat ventre lui aussi, il me faisait face et souriait. Son menton reposait sur sa paume gauche tandis que, de la main droite, il se massait l'arrière du crâne; comme si c'était lui que la pierre avait frappé.

— Roux pas gentil, m'a-t-il dit.

Nos deux visages étaient séparés d'à peine un mètre et nous nous regardions dans les yeux.

— Il ne faut pas lui en vouloir, il veut jouer. Roux, c'est assez!

Il s'est relevé et j'ai fait de même. Une jeune fille a accouru et s'est placée entre nous deux. C'était elle qui avait interpellé Roux. Bien que je sois de taille moyenne, à peine m'arrivait-elle à l'épaule. Quant à l'autre, il me dépassait de toute une tête.

— Je me présente: Sylvie, seize ans. Lui, c'est Roux. Il en a vingt ou cinq, selon qu'on parle du corps ou de la tête.

—Je me nomme Robert, ai-je dit, mais on m'appelle Bob. J'ai dix-sept ans partout.

J'ai jeté un coup d'œil inquiet à mon canot. Elle l'a remarqué.

—Aucun dommage; j'ai vérifié. Roux ne recommencera plus. Tu ne le feras plus, n'est-ce pas Roux?

Bouche ouverte, Roux a secoué la tête d'un côté et de l'autre. Il souriait toujours. Rassuré, je me suis intéressé à Sylvie.

—Tu habites ici?

—Je te répondrai quand je saurai d'où tu viens.

Je lui ai dit que je résidais à Rabaska.

—Connais pas.

J'ai donc entrepris de lui décrire notre petite ville. Et j'ai dû donner maints détails, car elle était fort curieuse. Pendant que je parlais, Roux tournait autour du canot, la nuque courbée et les bras au-dessus de la tête.

—Maintenant, je veux bien te répondre. C'est oui.

—Oui... quoi? J'étais distrait, absorbé par le manège de Roux.

—Oui, j'habite ici, au village. Je réponds à ta question.

Je regardais toujours Roux. Ce qu'il était grand et fort! Et il mimait parfaitement les gestes du portage.

—Tu ne m'écoutes pas!

—Bien sûr que oui. Où a-t-il appris à portager?

—Il l'a fait souvent. Il accompagne toujours mon père lors de ses voyages de pêche. C'est lui qui transporte le canot.

—Il est grand et fort, ai-je dit.

—Mon père? Non! Il est tout petit. De plus, il boite.

Et de se mettre à claudiquer autour de moi. Roux lui a emboîté le pas et a fait de même. Les deux ont ri aux éclats.

J'ai décidé d'agir comme si j'étais seul et j'ai commencé à ranger mes effets dans mon sac à dos. Roux a arrêté son manège et a voulu m'aider. Agenouillé, il a maintenu le sac ouvert pendant que je le remplissais. Ce faisant, bouche bée, il me regardait comme si j'étais une œuvre d'art. Un peu de salive a coulé du coin de ses lèvres.

— Tu lui plais, m'a dit Sylvie. Tu t'en vas?

— Oui, j'ai l'intention de descendre la rivière jusqu'au fleuve. Je pense y arriver vers le 10 juillet.

— Que comptes-tu faire après?

— Je ne le sais pas encore. J'aviserai là-bas.

— Pourquoi ne pas rester ici, alors?

Je lui ai montré la plage de cailloux, l'île, la paroi de grès rouge.

— Il n'y a rien d'intéressant ici. Au fait, où est-il, ton village?

Elle a tendu le bras vers le sommet de la falaise.

— Au ciel. Et ne me demande pas son nom; il n'en a pas. Mais on ne s'y ennuie pas.

Mes bagages étaient prêts. J'ai tiré mon canot à l'eau et y ai pris place. À l'aide d'une bonne poussée, Roux m'a aidé à me dégager du bord et j'ai avironné vers l'île.

— Tu ne sais pas ce que tu manques, m'a crié Sylvie.

Je n'ai même pas essayé de lui répondre. Le vent venait de terre et j'étais déjà loin.

III

Le lendemain j'ai abordé la pointe
de l'île à l'endroit où, la veille,
crépitait un feu. Les cendres étaient
encore chaudes, signe qu'on avait
veillé tard.

J'ai consulté ma carte.

L'île, étroite, s'étendait sur trois
kilomètres. Un bras secondaire de
l'Iloise, large d'environ cinquante
mètres, la séparait de la rive où j'avais
dormi. De l'endroit où je me trouvais,
le sommet de la falaise se découvrait à
mon regard.

J'ai pris mes jumelles pour examiner soigneusement la crête sur
toute son étendue visible. J'y ai cherché en vain une habitation, un clocher,

enfin quelque indice de la présence d'un village. Sylvie m'avait-elle menti? Ma carte, pourtant détaillée, n'indiquait aucune agglomération dans cette région.

J'ai décidé de faire le tour de l'île; après déjeuner cependant. J'ai ranimé la braise et me suis préparé une omelette de quatre œufs et une tasse de café que j'ai siroté en regardant un grand héron pêcher sa pitance.

Au moment d'embarquer me sont parvenus les accents d'un instrument à vent. J'ai prêté l'oreille et j'ai reconnu la mélodie de la veille, qui a cessé presque aussitôt.

Le musicien habitait l'île.

Un large sentier perçait les broussailles, à la limite de la plage. Curieux, je m'y suis engagé et l'ai suivi sur une bonne distance. J'ai progressé sur un sol sablonneux qui s'élevait doucement. Peu à peu les arbustes du début ont fait place à des essences plus nobles, puis à un bois de chênes entretenu comme un jardin.

J'ai débouché dans une clairière. En son milieu se dressaient une sorte de kiosque à musique grillagé et une curieuse sculpture en fer, tordue et rouillée, de laquelle pointait une tige sinueuse. Elle devait bien atteindre cinq mètres de hauteur.

Je me suis approché du kiosque. Personne. Le soleil matinal y pénétrait et jouait sur une cornemuse endormie qui reposait sur une petite table basse.

Le musicien pouvait revenir d'un moment à l'autre. Comme j'étais en terrain privé, j'ai décidé de m'éclipser. J'ai cependant pris le temps de m'adresser à l'écureuil noir qui, debout sur ses pattes de derrière, gonflait ses bajoues et fixait la sculpture. «C'est ma place», lui ai-je dit en m'approchant. Ce qu'il n'a pas contesté. Il a plutôt couru se réfugier dans le bois.

La sculpture reposait sur un socle en béton. Une plaque y était encastrée. J'ai lu:

AU PATRIOTE INCONNU
1811 - 1839

Un patriote avait donc été enterré ici, loin du fleuve. Étonnant, car la région était encore sauvage lors de la rébellion. Seuls quelques campements amérindiens peuplaient les berges de l'Iloise à l'époque, croyais-je alors.

Je suis retourné à mon canot. Avant d'y monter, j'y ai arrimé solidement mon sac, car la brise avait fraîchi. D'ailleurs de sombres nuages surgissaient du nord de l'horizon.

J'ai amorcé mon tour de l'île par la descente du bras principal de la rivière. Une croisière de tout repos au fil du courant et le vent venant de dos. Cependant, le temps se gâtait. Lorsqu'est apparue la pointe d'aval, le ciel était couvert mur à mur et le tonnerre grondait.

J'ai vu une habitation: basse, modeste. Des massifs de pivoines l'encadraient. D'un petit embarcadère, une allée bordée de saules pleureurs y menait sur cent mètres. La disproportion était telle entre les énormes panaches et la taille de la maison qu'on aurait dit une habitation pour gnomes, elfes, lutins ou autres farfadets.

Le vent, qui maintenant soufflait avec violence, tordait la chevelure des saules.

J'ai doublé la pointe pour remonter le bras secondaire lorsqu'une femme est sortie de la maison. Elle s'est arrêtée sur le seuil, a mis ses mains en porte-voix et m'a crié quelque propos que la fureur du vent m'a empêché de saisir. J'allais lui faire signe que je n'avais pas compris quand mon canot a viré lof pour lof. À maintes reprises, j'ai essayé de le redresser, mais en vain. Obstiné, le vent en rabattait chaque fois la pointe dans la direction opposée.

Il m'aurait fallu, dans la pince avant, à la place de mon sac, un compagnon solide et avironnant avec vigueur. J'ai compris que seul, je ne réussirais pas à remonter le courant et le vent. Et comme l'orage était sur le point d'éclater, j'ai essayé de gagner la rive.

Mal m'en a pris. À peine avais-je aligné mon canot perpendiculairement à la falaise qu'une bourrasque en a ramené vivement la proue vers l'aval, en même temps qu'une forte vague en soulevait l'arrière. L'avant a été inondé et j'ai chaviré.

Je me suis accroché au canot, mais n'ai pu ni me hisser sur sa quille ni le redresser, tant l'eau était agitée. À la pointe de l'île, la foudre a frappé de plein fouet une grande épinette qui s'est embrasée. Le coup de tonnerre a rebondi sur la falaise comme une énorme claque. Les nuages ont crevé et l'orage s'est déchaîné.

C'était un bel orage, mais ma situation précaire m'empêchait de jouir du spectacle. Accroché à mon embarcation, ballotté comme un bouchon, j'ai subi, sous le feu des éclairs et dans le fracas du tonnerre, la mitraille d'une pluie froide et drue.

J'ai senti mes doigts glisser sur la quille. L'eau était glacée et, déjà, mon tonus diminuait. Jamais je n'aurais la force de nager jusqu'à la rive.

Je me suis dit qu'il devait bien y avoir un peu d'air emprisonné dans le canot renversé. Je me suis glissé sous l'embarcation et j'ai passé mes bras sous les barres d'espacement, ma nuque courbée touchant le fond devenu toit. Ainsi soutenu, j'espérais tenir jusqu'à ce que le vent et les vagues dirigent mon canot près de la rive, où je pourrais prendre pied.

C'est ce qui est arrivé, mais à l'endroit où se dressait le seul rocher des environs.

Je me suis senti soulevé et un craquement s'est fait entendre. Vite, je me suis dégagé et, à moitié assommé, j'ai rampé dans un mètre d'eau jusqu'à la plage. J'ai réussi à repêcher mon sac, mais les quelques vestiges de mon canot sur la plage auraient pu tout au plus servir de bois d'allumage — après séchage, bien entendu.

J'étais seul, mouillé, transi; mon abri était détruit et des tonnes d'eau s'abattaient sur moi.

C'est alors que j'ai senti qu'on me tirait par la manche et je me suis retourné. C'était Roux. Il m'a montré la falaise et en a pris la direction. Et voilà qu'il s'est mis à courir en riant aux éclats et moi, malgré mon désarroi, de faire de même, mon sac sur la tête, les yeux fixés sur ses jeans trop courts et ses chaussettes dépareillées.

Nous avons ainsi galopé le long de la paroi jusqu'à atteindre une sorte d'escalier taillé par l'érosion. À la suite de Roux, je l'ai gravi. Il menait à une grotte où nous nous sommes engouffrés.

La grotte était vaste, sèche, et meublée de quelques caisses. Au fond était cordé assez de bois pour la chauffer tout un hiver. Un bon feu aurait été le bienvenu. Peut-être Roux fumait-il?

— As-tu des allumettes? lui ai-je demandé. Sèches, bien entendu.

Roux m'a montré une niche naturelle près de l'entrée, à la hauteur du sol. Sur sa partie supérieure, on avait creusé la mince paroi de grès et inséré un tuyau dans l'orifice pour évacuer la fumée. Quelques pierres plates pavaient le sol devant et à l'intérieur de l'âtre. Tout près, sur une bûche, reposaient une hachette, un couteau suisse et une boîte d'allumettes de bois.

Le tout avait été si adéquatement fabriqué, le bois et le matériel si bien rangés, que ce ne pouvait être l'œuvre de Roux. Il n'y avait qu'à voir la façon maladroite avec laquelle celui-ci m'apportait les bûches du fond de la grotte pour s'en persuader.

Le bois était sec à souhait et, bientôt, une belle flambée chauffait et égayait notre refuge.

Je me suis dévêtu, j'ai vidé mon sac et étendu mes effets devant l'âtre. J'ai défroissé soigneusement les billets de banque contenus dans mon portefeuille. Leur cote était montée en flèche depuis la perte de mes vivres et de mon canot.

Roux me regardait faire. Près du feu à se brûler, il se chauffait en pivotant sur lui-même avec lenteur, comme un poulet sur une broche.

— Tu ne te déshabilles pas? lui ai-je demandé.

En guise de réponse, j'ai entendu, pour la troisième fois, jouer de la cornemuse. Roux s'est immobilisé, a écouté un instant, la main derrière son oreille gauche, en me regardant avec des yeux ronds. Soudain, il s'est précipité dehors.

Mes vêtements étaient secs. Je les ai mis et suis sorti à mon tour, juste à temps pour voir Roux prendre le tournant de la plage et s'évanouir dans un arc-en-ciel. Le beau temps était revenu.

IV

— C'est affreux, ai-je dit, en me bouchant les oreilles.

On aurait dit une grosse cloche à vache.

— On s'y habitue. C'est la cloche de l'église.

Les jambes dans le vide, Sylvie et moi étions assis devant la grotte. Le rocher formait là une sorte de balcon. La vue embrassait toute l'île et une grande étendue de pays. Nous déjeunions à même les provisions que m'avait apportées Sylvie.

— Houhou! Je sais que tu es ici. C'est Roux qui me l'a dit, m'avait-elle crié en entrant.

C'était le lendemain du naufrage.

À peine émergés de mon sac de couchage, mes yeux bouffis avaient repéré Sylvie au moment où elle déposait une boîte remplie de victuailles sur une caisse.

— Un prêt de mon père. Tu pourras le rembourser en travaillant pour lui.

— Travailler pour lui? Je ne veux pas travailler. Je suis en vacances.

— On verra ça plus tard. Je reviendrai dans une heure. D'ici là, tu aurais intérêt à faire un brin de toilette. Si tu voyais ta tête!

— Je me suis beaucoup lavé hier, avais-je cru intelligent de répondre. Mais elle était déjà sortie.

À peine avais-je rangé mes affaires et nagé quelques brasses dans l'Iloise que Sylvie était de retour. Et voilà donc que nous causions sur mon «balcon», tout en cassant la croûte.

L'ombre d'un rapace a glissé sur le rocher. J'ai levé la tête: c'était une buse.

— Jasmin ne suffit plus à la tâche.

Papa a reçu beaucoup de commandes ces derniers temps. Il a besoin d'un autre apprenti.

— Qui est Jasmin? ai-je demandé.

— L'apprenti de papa.

— Ça, je l'avais deviné, mais qu'est-il d'autre?

— Gros, grand et fat.

— Et moi?

— Mince, petit et... je ne sais pas encore.

Un silence s'est établi que j'ai rompu.

— Et toi?

— Toi, quoi?

— Toi, toi.

— Ah, moi! Je vais à l'école et je suis actrice.

J'ai sifflé.

— Pas vrai!

— Oui, monsieur. Je vais bientôt jouer dans *La Cloche de Notre-Dame* de Gustave Allard, notre curé, avec Archibald Macpherson dans le rôle de Quasimodo. La pièce est une adaptation très libre du roman de Victor Hugo, *Notre-Dame de Paris*.

— Une pièce paroissiale?

— Municipale, monsieur, municipale.

— Quel rôle joues-tu?

— Esméralda. C'est une bohémienne. Et je danse aussi, mon cher.

J'ai sifflé de nouveau.

La buse tournait maintenant au-
dessus de l'île. Trois corneilles la har-
celaient pour l'éloigner de leur terri-
toire. Elles se collaient au rapace et
cherchaient à lui donner des coups de
bec. La buse a enfin réussi à atteindre
une telle hauteur que ses assaillantes
ont abandonné. Majestueuse, elle a
tracé encore quelques cercles et a
plané vers le nord.

— Ton père fait quoi en plus de
boiter?

— Commencerais-tu à être intéressé?

— Je n'ai pas dit ça. Réponds
d'abord à ma question.

— Il est ébéniste. Tiens! voilà Roux.

Il venait de s'engager dans l'escalier. Il en avait gravi le tiers lorsque la

cloche a tinté de nouveau. Roux s'est
arrêté, s'est bouché les deux oreilles, a
penché sa tête bien bas et l'a secouée
violemment. Il ne souriait plus et
semblait souffrir énormément.

— Roux n'apprécie pas le concert,
ai-je dit. Il n'est pas le seul.

— Il imite le curé. Il hait tellement
sa cloche qu'il s'en confesse chaque fois
qu'il rencontre l'évêque.

— Pourquoi ne la change-t-il pas?

— Pas d'argent.

Le tintement a cessé et Roux est
venu nous rejoindre. Il s'est assis à
mes côtés et s'est mis à lancer des
cailloux sur la plage.

— Je n'ai pu repérer ton village sur
la carte. Comment se nomme-t-il?

— Je t'ai déjà dit qu'il n'avait pas
de nom. Mais il existe vraiment.
Allons le visiter.

Une fois le rocher nettoyé des
restes de notre repas, elle m'a pris la
main et m'a entraîné vers l'escalier.
Roux a voulu nous suivre.

— Non, Roux! Il est plus de onze

heures. Le passeur va bientôt venir te chercher.

Roux, qui s'était levé, a trépigné et s'est rassis en boudant.

— Il n'habite pas le village?

— Non. Il réside dans l'île avec sa mère et le passeur. Son père est décédé.

Nous avons marché sur la plage, dos à l'île, jusqu'à l'endroit où, la veille, Roux avait échappé à ma vue. Il y avait là un petit port, mais c'est le monte-charge qui a retenu mon attention. Il permettait d'accéder sans effort au sommet de la falaise.

— Installé par le club nautique, m'a dit Sylvie. Ces messieurs n'aiment pas se fatiguer. L'énergie est fournie par la chute d'une rivière souterraine.

— Où est la turbine?

— Dans la falaise. On y a installé une sorte de petite centrale électrique qui dessert le village.

Nous sommes montés sur la plate-forme.

Ma compagne a saisi les poignées

de bois fixées à deux cordes verticales et a abaissé celle de gauche, ce qui a fait monter celle de droite. La plate-forme a eu quelques soubresauts et a commencé à s'élever lentement. Lorsque nous sommes arrivés en haut, Sylvie a replacé les poignées dans leur position initiale et la plate-forme s'est arrêtée. J'ai su alors que le village existait et qu'il avait un nom: Saint-Inconnu, comme l'annonçait un écriteau au bord du chemin.

— Tu as menti, ai-je dit à Sylvie en désignant le panneau.

— Non monsieur! Inconnu n'est pas un nom, cela remplace un nom. Ce n'est pas pareil. Comme le Soldat inconnu qui gît sous l'arc de triomphe de l'Étoile, à Paris.

— Et le patriote qui repose dans l'île? ai-je ajouté.

Elle m'a regardé, étonnée.

— Tu es au courant!

— On ne peut pas tout ignorer.

Elle n'a pas répondu.

Parvenus à un tournant de la

route, le village nous est apparu en contrebas.

— La côte Joyeuse, m'a renseigné Sylvie, en désignant la route qui y menait.

Un nom qui lui convenait à merveille, en ce premier jour de juillet, alors que le soleil à son zénith embrasait les champs de tournesols la bordant. En bas nichait une assez grosse agglomération. De l'église, rues et ruelles fuyaient en un lacis où il était bien difficile de distinguer un plan d'urbanisme.

C'était un village riant, aux maisons blanches et propres, aux balcons fleuris, pleins de recoins intimes.

— Le premier en bas! m'a crié Sylvie.

Et nous voilà dévalant la pente vers le théâtre de nos aventures.

V

La ruelle du Carcajou débouche sur une petite place bordée par un des murs latéraux de l'église et par l'arrière de la fabrique d'huile de tournesol.

Au fond se trouve l'atelier.

Un atelier trop étroit pour l'activité qui y règne et qui s'épand largement à l'extérieur, comme en font foi les feuilles de contreplaqué appuyées sur un érable et l'établi dressé contre le mur de l'église.

En cette matinée ensoleillée du troisième lundi de juillet, on peut observer le va-et-vient d'un jeune homme entre l'atelier et l'arbre qui prend chaque fois une feuille de contreplaqué. Ensuite, il la transporte jusqu'à l'établi, l'y dépose et se livre à quelques savantes opérations à l'aide d'un gros crayon et d'un pied-de-roi. Une fois terminés ses délicats calculs, il glisse le crayon sur son oreille droite et apporte la feuille à l'intérieur de l'atelier. Ce faisant, il passe sous une enseigne jaune et rouge.

Ce beau jeune homme, c'est moi. Quant à l'enseigne, il y est inscrit:

MAÎTRE RICARD
ÉBÉNISTERIE
MENUISIER EN MEUBLES
(et autres travaux)

Depuis plus de deux semaines, je travaille pour le père de Sylvie.

En ma qualité d'aide apprenti, je suis affecté aux «autres travaux», mais je seconde parfois Jasmin en menuiserie et le remplace même pour exécuter certaines tâches simples lorsque M. Ricard réquisitionne ses services en ébénisterie.

Le père de Sylvie a organisé sa petite entreprise selon une hiérarchie très rigoureuse. En haut, il y a lui, maître ébéniste; en dessous, Jasmin, apprenti ébéniste; puis votre humble serviteur, apprenti de l'apprenti et souffre-douleur.

Tout au bas de l'échelle se trouve Roux.

Chaque jour, en fin d'après-midi, ce dernier balaye l'atelier du mieux qu'il le peut. Pour ce travail, M. Ricard lui donne quelques sous qu'il s'empresse de dépenser chez le dépanneur voisin.

Ma journée de travail terminée, Roux me raccompagne jusqu'à la grotte puis redescend sur la plage, où il attend qu'on vienne le chercher pour rentrer dans l'île.

Et chaque matin, quel que soit le temps, il se présente à la grotte et m'escorte jusqu'à l'atelier.

Roux m'a adopté.

Ce qui m'ennuie bien un peu, parce que nous devons parfois essuyer les quolibets des voyous du village rassemblés devant le chic resto-bar *Canasta*. Je changerais bien d'itinéraire, mais Roux adore parader devant eux. Alors, il accentue sa démarche désarticulée et les fixe en riant. Et moi, je vois le pantalon trop court, les bras trop longs qui pendent jusqu'aux genoux, la salive qui coule au coin de la bouche, et j'entends les voyous nous crier: «Petit baveux plus grand baveux font deux baveux!»

Parfois, Jasmin est parmi eux.

J'aimerais leur sauter dessus, mais ils sont nombreux et Roux ne comprendrait pas mon geste, lui qui prend pour jeu leurs aboiements méchants.

Mais jamais je n'ai chassé Roux; ce dont j'ai été récompensé, car j'ai fini par l'aimer.

Ce matin-là, donc, je suis sorti une fois de plus de l'atelier et me suis dirigé vers l'érable. Roux y était appuyé, le front contre son avant-bras comme s'il jouait à cache-cache. Il m'a entendu venir, m'a jeté un rapide coup d'œil et a replongé le nez dans sa manche.

— Roux pas gentil!

— Qu'y a-t-il, Roux?

— Roux pas gentil.

J'ai tenté à plusieurs reprises d'en savoir plus, mais il est demeuré muet. J'ai donc choisi de m'en désintéresser et de poursuivre mon travail.

J'ai apporté une nouvelle feuille sur l'établi. Je m'apprêtais à déplier mon pied-de-roi lorsque j'ai entendu pépier derrière moi. C'était Mlle Adélaïde, tenancière de dépanneur et postière.

— Il a pissé sur ma haie de cèdres! Il a pissé sur ma haie de cèdres!

Elle était à ce point convulsée que j'ai eu peur que son âme offensée ne s'envolât vers un monde où ces choses-là ne se font pas.

— Qui? ai-je demandé. Mais c'était pour la forme.

Elle allait répondre lorsque, de derrière l'arbre où il se tenait caché, j'ai entendu Roux ânonner:

— Roux pas gentil. Roux pas gentil.

— C'est lui, le ouistiti!

Son cri a percé les murs de l'atelier qui s'est vidé de Jasmin et de maître Ricard.

Nous entourions tous Roux, maintenant. Couché à plat ventre, il se bouchait les oreilles alors que ses jambes battaient la mesure des invectives qui sortaient de la bouche de Mlle Adélaïde.

— Vos cèdres sont robustes, mademoiselle. Ils n'en mourront pas, a dit M. Ricard pour la calmer. Un peu d'eau n'a jamais nui à une plante en santé.

— Vous appelez ça de l'eau! Les branches basses vont jaunir, puis mourir. Savez-vous que ça ne repousse pas? Et les enfants du voisin qui regardaient!

— Ils ont vu pire à la télévision, vous savez. Quant aux branches, il n'y a qu'à bien les arroser, et sans tarder. Allons-y tout de suite avant que l'acide urique ne fasse effet.

Il l'a prise par le bras et l'a entraînée en claudiquant vers la ruelle. Au moment de s'y engager, il s'est retourné et m'a adressé un clin d'œil. J'en ai conclu qu'il voulait que je le débarrasse de Roux — pour l'instant, du moins.

Je n'ai pas eu à m'en occuper. Dès que Mlle Adélaïde et M. Ricard ont disparu, Roux s'est levé d'un bond et s'en est allé en courant. Il avait dû guetter leur progression du coin de l'œil.

— Bon débarras! lui a crié Jasmin.

Et, se tournant vers moi:

— Suis-moi. J'ai du travail à te donner.

Jasmin n'aimait pas Roux, et moi je détestais Jasmin: mesquin, fat, égoïste; obséquieux devant maître Ricard, mais hautain et cassant avec ceux qu'il estimait ses inférieurs. Je l'ai pourtant suivi, car il avait autorité sur moi et j'appréciais de plus en plus ce boulot qu'au début j'avais accepté en me faisant tirer l'oreille.

Nous sommes entrés dans l'atelier et il m'a conduit devant une énorme berceuse en chêne, aux barreaux torsadés, appuie-bras spiralés et dossier courbé: une merveille!

— Tu vas me poncer ça comme si c'était pour la reine. En fait, c'est pour le grand ami du patron, le curé. Il se berce tant qu'il en casse deux par année.

J'avais à peine entrevu le curé qui parfois rendait visite à M. Ricard, mais je me suis dit que ce devait être un brave type, étant donné le ton méprisant de Jasmin.

J'ai poncé le reste de l'avant-midi et tout l'après-midi. Je n'en pouvais plus lorsque deux menottes fraîches se sont posées sur mes yeux.

— Houhou! Devine qui c'est.

— Ce n'est ni Roux ni Jasmin, ai-je répondu. Et je sais qu'il est quatre heures.

C'était l'heure de fin de quart à la fabrique d'huile de tournesol où Sylvie occupait un emploi d'été.

Lorsqu'elle me l'avait appris, je m'étais étonné.

— Pourquoi ne pas travailler pour ton père?

— Il est trop exigeant et il ne paie pas assez.

Après son quart, Sylvie avait coutume de venir me saluer à l'atelier avant de rentrer chez elle. Ce jour-là, je me sentais généreux. Il faut dire aussi que je commençais à en avoir assez de me faire la cuisine dans ma grotte.

— Que dirais-tu d'une pizza? lui ai-je proposé.

— C'est toi qui paies?

— Bien sûr! Je finis à six heures. Ça te va?

— Comme un gant de suède.

L'itinéraire normal de l'atelier à la maison de Sylvie passe devant le chic resto-bar *Canasta*. J'allais tourner le coin d'une ruelle pour m'engager dans sa rue, lorsque j'ai nettement entendu: «Roux le pissou! Roux le pissou!» On ne peut pas toujours se comporter en héros: je suis retourné sur mes pas et j'ai pris le chemin des écoliers.

Au restaurant, Sylvie n'a pratiquement pas arrêté de me parler de *La Cloche de Notre-Dame* ainsi que du fameux Archibald dans le rôle de Quasimodo.

— C'est un merveilleux acteur. Avec lui comme vedette, sûr que ce sera un succès!

VI

La grotte donnait sur la rivière et les nuits, souvent, y étaient fraîches. Aussi, je ne ménageais pas le bois de chauffage. J'avais déjà utilisé deux rangs de bûches lorsque, ce soir-là, entamant le troisième par son centre, j'ai découvert des hiéroglyphes gravés dans la paroi de grès.

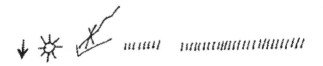

Le samedi suivant cette découverte, le dernier de juillet, Sylvie est venue me rendre visite. Je les lui ai montrés. Elle n'a manifesté aucune surprise.

—Je ne les avais jamais vus, mais mon père m'en avait parlé. Il connaissait leur existence par le curé.

—Le curé était au courant!

—C'est lui qui a aménagé la grotte. Comment aurait-il pu ne pas les voir?

—La grotte appartient au curé!

—Bien sûr! Il l'appelle son ermitage. Chaque année, il vient l'habiter durant le carême.

—Qu'est-ce qu'il en dit?

—Qui dit quoi?

—Le curé! Les marques gravées dans la pierre!

—Tracées par les enfants du village, selon lui. Tu devrais lui proposer un petit loyer.

—Un loyer pour les enfants?

—Je ne te parle pas des enfants, mais du curé. Tu habites sa grotte, n'est-ce pas? Tu brûles son bois, n'est-ce-pas? Pourquoi ne pas lui payer un loyer? Mon père te donne bien un salaire.

—Je ne paierai pas de loyer, ai-je dit. Son logement ne répond pas aux normes de la Régie. Il n'y a pas d'eau courante.

—Tu as la rivière.

Elle a gardé le silence quelques secondes, puis:

—Oublie ce que je t'ai dit. Je ne te savais pas si proche de tes sous.

Elle affichait un air irrité.

—D'accord; je vais lui payer un loyer. Ainsi, il pourra se permettre de massacrer trois berceuses par année plutôt que deux.

—Mon père ne lui vend pas les chaises; il les lui donne! L'argent du loyer ira dans le fonds qu'il a institué pour l'achat d'une nouvelle cloche.

—Dans ce cas, je vais lui payer un gros loyer.

Sur ces entrefaites, comme pour appuyer mes paroles, la cloche a émis un appel cacophonique.

—Il est six heures, m'a dit Sylvie. C'est l'heure de souper. Je t'invite.

— Où?

— Chez moi. De fait, ce sont mes parents qui t'invitent. J'étais venue te chercher.

Bien sûr, j'ai accepté. Au bas de l'escalier, elle s'est tournée vers moi en riant.

— Je t'ai assez fait marcher avec mon histoire de loyer; courons maintenant!

Et la voilà partie.

Quant à moi, j'ai décidé de rester digne et j'ai marché tranquillement jusqu'au monte-charge. Lorsque j'y suis arrivé, Sylvie était en haut de la falaise. Elle occupait toujours la plateforme.

— Renvoie-moi l'ascenseur! lui ai-je crié.

— Il y a d'autres poignées en bas.

J'ai tenté de les manipuler. Impossible. Les câbles refusaient d'obéir.

— C'est bloqué! ai-je hurlé.

— C'est parce que j'ai attaché les deux poignées du haut avec un bout de fil de fer qui traînait par terre. Surtout ne panique pas; il y a un escalier tout près.

Je l'ai pris: trois cent vingt-sept marches. À mi-parcours, j'ai croisé Roux qui descendait vers le petit port. «Roux pas gentil», m'a-t-il lancé, au moment où nous nous croisions. Avait-il commis une autre gaffe?...

* * *

Sylvie avait eu la gentillesse de m'attendre. C'est donc en sa compagnie que je suis entré chez elle.

Surprise! C'est le curé qui nous a accueillis, un tablier fleuri noué autour du cou.

— Asseyez-vous.

Il nous a désigné l'entrée du salon. Sylvie a choisi une chaise droite tandis que je me suis enfoncé jusqu'au cou dans un fauteuil mou.

— Il vient tous les samedis et nous fait à souper, m'a soufflé Sylvie alors que le curé se dirigeait vers la cuisine. C'est sa façon de remercier papa pour les chaises. Il a un réel talent de chef.

— Où sont tes parents?

— Probablement en train de se préparer dans la grande chambre du haut.

— Mais nous sommes en jeans!

— Rassure-toi. Ils ne descendront pas en tenue de soirée.

Nous avons attendu quelques minutes, puis maître Ricard et sa femme sont venus nous rejoindre au salon. À leur entrée, j'ai essayé de me lever, mais je suis vite retombé, entraîné par le poids d'un postérieur plus lourd et situé plus bas que mes genoux.

— C'est une question de levier et de centre de gravité, m'a dit M. Ricard pour me mettre à l'aise. On a dû t'enseigner ça à l'école.

J'ai tenté de nouveau de me lever, avec l'aide de mes bras cette fois-ci, et j'ai réussi. Je les ai salués en inclinant la tête.

— Il est encore plus beau que tu me l'avais décrit, a dit Mme Ricard à sa fille.

—C'est parce qu'il rougit, a répondu Sylvie.

Nous sommes passés à la salle à manger: une pièce sans fenêtre à l'éclairage discret. Le curé nous a servi le potage et s'en est retourné dans la cuisine. Nous formions cercle autour d'une petite table. Coincé entre Sylvie et son père, je faisais face à Mme Ricard qui ne cessait de m'examiner en souriant.

—Il est vraiment très beau.

—Tu trouves? a rétorqué son mari.

J'ai cherché une fine répartie, mais n'en ai point trouvé. Il ne me restait plus qu'à plonger le nez dans mon bol et à attaquer ma soupe avec discrétion. Non sans une certaine élégance, j'avais réussi à avaler quelques cuillerées quand, du coin de l'œil, j'ai vu M. Ricard s'emparer du petit pain dans l'assiette à ma gauche.

—Voilà que tu lui voles son pain maintenant, a dit Mme Ricard.

—Ce n'est pas son pain, c'est le mien!

Mme Ricard s'est tournée vers Sylvie.

—Tu as entendu ton père, il prétend qu'il n'a pas pris le petit pain de Robert. Pourtant, l'assiette à la gauche de Bob est bien vide. Regarde!

Et, se tournant vers moi:

—Tu permets que je t'appelle Bob?

J'allais lui en donner la permission lorsque Sylvie a ouvert la bouche.

—Ne me mêlez pas à ça! D'ailleurs, qu'est-ce qui nous dit que ce n'est pas Bob qui a mangé le petit pain?

Ce disant, elle m'a regardé, la mine sévère, et les deux autres l'ont imitée. Le silence s'est établi. De toute évidence, on s'attendait à quelque réaction de ma part.

—Je ne crois pas que ce soit moi, ai-je dit; bien que je n'en sois pas sûr.

—Voyons Bob, a dit Mme Ricard d'une voix douce. Ces choses-là ne s'oublient pas. Tu n'as pas à protéger mon mari, même si c'est ton patron. Tu sais bien qu'il l'a volé, ton pain: tu l'as vu, je m'en suis aperçue.

J'ai entendu M. Ricard grogner et je l'ai vu remettre le petit pain dans mon assiette d'un geste sec. Il en manquait une bouchée.

— Si j'avais su que tu y tenais tant que ça, je ne l'aurais pas pris.

— N'en parlons plus, a dit Mme Ricard.

— Oh lala lala lala! a fait Sylvie.

Ce qui a mis fin à l'altercation. Chacun a commencé à ingurgiter son potage en silence, sauf maître Ricard qui l'a lappé. De temps à autre, sa femme posait sur lui un regard agacé. J'ai terminé le premier et j'ai attendu, les mains à plat sur mes genoux. De la cuisine me parvenaient des bruits de vaisselle remuée, entremêlés de quelques grognements.

— Où as-tu placé les grandes assiettes, Jeanne?

— Sur la tablette du haut, monsieur le curé.

Quelques minutes se sont encore écoulées, puis le curé est entré dans la pièce, un plateau dans chaque main et

deux autres reposant sur ses avant-
bras.

— J'ai fait ce que j'ai pu avec ce que
tu avais, Jeanne. J'appellerais ça de la
ratatouille. Attention! c'est chaud.

En fait, c'était une sorte de ragoût.
Très bon, excellent, même. J'en aurais
bien redemandé, mais je n'ai pas osé.
J'ai donc reposé mes mains sur mes
genoux et j'ai attendu que les autres
finissent. L'atmosphère était à trancher au couteau.

— Le village porte un nom curieux,
ai-je avancé pour briser le silence.

— C'est un beau nom! a tonné
M. Ricard.

— Je n'ai pas dit qu'il était laid.

— Alors, qu'as-tu à lui reprocher?
m'a demandé Mme Ricard.

— Monsieur le curé! a crié Sylvie,
Bob n'aime pas le nom du village.

— Tintamarre!

Un curieux juron, proféré sur un
ton qui accusait l'intensité de sa
colère. J'ai cherché quelque chose à
répondre, mais voilà que le curé est
entré en trombe dans la salle à man-

ger, a abaissé le commutateur et s'en est retourné à la cuisine en nous laissant tous dans le noir et moi bouche bée, ce dont les autres n'ont pu s'apercevoir.

Je n'étais pas à mon aise, mais cela n'a pas duré. Le curé est bientôt revenu.

Avec un gâteau.

Sur le gâteau, des bougies.

Des bougies allumées et des bâtonnets qui crachaient du feu.

Et je me suis rappelé tout à coup que c'était le jour de mon dix-huitième anniversaire. La tension qui m'écrasait s'est dissipée, et je suis demeuré assis et pantois pendant que les autres, debout, entonnaient: «Joyeux anniversaire, Robert.»

— Un discours! a lancé Sylvie après que j'ai éteint les bougies de mon souffle viril.

Bien entendu, les autres ont insisté et j'ai dû me soumettre. Mon allocution a été brève et correcte: «Merci, merci beaucoup. Comment saviez-vous?»

— Par ta fiche d'embauche, m'a répondu M. Ricard. Au fait, j'ai vérifié ton travail. Excellent. Aussi, je t'annonce que tu es maintenant apprenti, comme Jasmin. Avec salaire à l'avenant, bien entendu.

— Sous l'autorité de Jasmin?

— Non. Sous la mienne.

— Merci, merci beaucoup, ai-je répété.

Le curé s'est approché et m'a tendu la main.

— Félicitations! Tu dois te demander ce que je fais ici.

J'ai répété ce que Sylvie m'avait soufflé à l'oreille et leur rire a rempli la pièce.

— Tu sais, a dit le curé, mes bercements sont loin d'être à la hauteur de ma réputation de berceur.

— Et mes chaises sont aussi solides que leur réputation, a ajouté M. Ricard.

— C'est pour toi, pour toi seul, que je suis venu, a repris le curé.

— Pourquoi? Vous me connaissez à peine.

— C'est vrai. Mais je sais l'attention que tu portes à Roux. C'est pour ça que j'ai voulu te servir.

Il a levé un index sentencieux.

— «Ce que vous avez fait au plus petit des miens, c'est à moi que vous l'avez fait[1].»

Je ne savais pas quoi dire et le silence aurait été gênant si la mastication du gâteau ne l'avait rempli en même temps que nos panses.

— Les hommes prendront le digestif à l'atelier pendant que les femmes feront la vaisselle, a décrété M. Ricard.

À ma grande surprise, il n'y a eu aucune protestation de la part de ces dames. Dans l'atelier, j'ai compris pourquoi. M. Ricard m'a montré la chaise que j'avais si professionnellement poncée.

— Tu vas la porter au presbytère. Ça facilite la digestion. Durant le trajet, Gustave t'entretiendra de la

1. Matthieu, 25, 40.

paroisse et de ses mystères. Et tu comprendras pourquoi nous aimons son nom.

Ce soir-là donc, une berceuse renversée sur la tête, j'ai déambulé et digéré en compagnie du curé, tout en l'écoutant me raconter une histoire ancienne si étroitement liée à ce récit qu'il faut bien qu'elle en occupe presque tout le prochain chapitre.

VII

—Harold Macpherson, a commencé
le curé, était d'une vieille famille écossaise apparentée au poète James Macpherson; tu sais, l'auteur des fameux
poèmes d'Ossian, d'après d'anciens
chants épiques.

Je l'ignorais, mais ne le lui ai pas
dit.

—À l'époque où débute mon histoire, a poursuivi le curé, Harold avait
quinze ans. Il vivait à Aberdeen, de
l'activité d'apprenti charpentier.

«Or, il s'ennuyait et rêvait d'aventures en terres lointaines.

«Il s'enrôla donc dans l'armée britannique, traîna durant quelques
années son fourbi d'une caserne à

l'autre et, enfin, suivit son régiment au Canada où il participa à la bataille de Chateauguay contre les Américains. Il s'y couvrit de gloire. Ensuite, peu à peu, il prit du galon. Lorsque, en 1833, arriva le moment de la retraite — la sienne et non pas celle de son régiment — Harold était riche du grade de major et d'un vaste domaine, octroyé par Sa Majesté très britannique Guillaume IV.

«Il fut aussi anobli. Le blason de sa famille est de gueule et d'or, traversé de dextre en senestre par une lance où s'entortille un serpent.»

«Pourquoi ces richesses et ces honneurs?

«Pour le récompenser de longs et loyaux services qui lui avaient quand même laissé le temps d'épouser et d'aimer une Canadienne, Marie Chauvette. Il en eut seize enfants.»

— Ouf!

— Qu'y a-t-il?

— C'est la chaise, ai-je répondu.

Je la portais renversée sur ma tête et je commençais à avoir mal au cou.

— Prends le temps de te reposer.

J'ai déposé la berceuse sur le trottoir et il s'est assis dessus. Nous étions seuls sous la voûte étoilée que n'occultait aucun réverbère et il se berçait.

— Très confortable. C'était ici.

— Ici quoi?

— Le domaine d'Harold. Il comprenait l'île et, face à celle-ci, cinq kilomètres de rivage sur autant de profondeur. À l'époque, il n'y avait que des arbres.

— De quand date la fondation de Saint-Inconnu?

— J'y arrive. Mil huit cent trentesept... trente-huit, ça te dit quelque chose?

— Ce sont des années de troubles, ai-je répondu: Saint-Benoît, Saint-Eustache, Saint-Denis...

Le curé s'est mis à chantonner en se berçant:

À *Saint-Denis, près des grands bois,*

> *Un jour d'orage et de bataille,*
> *Je mis pour la première fois,*
> *Mon chapeau d'paille.*

Au loin, un chat a miaulé.

«Tu sais comme moi, a-t-il enchaîné (le curé, pas le chat), que la rébellion échoua et que la répression fut impitoyable. Plusieurs villages furent incendiés, des fermes, des récoltes; nombreux furent ceux qui perdirent tous leurs biens. À l'époque, il en coûtait beaucoup de défier l'ordre établi. L'Église défendit même que les rebelles tués fussent inhumés en terre consacrée. Beaucoup de prêtres n'étaient pas d'accord, mais ces décisions se prennent en haut lieu.»

Le curé s'est bercé un moment en silence. Les yeux au ciel, ses coudes reposant sur les appuie-bras, ses deux mains se touchant par l'extrémité de leurs doigts, il a rapproché et éloigné celles-ci à plusieurs reprises, dans un mouvement alternatif et dubitatif, à la manière des évêques et des chanoines.

Il a soupiré, puis séparant ses mains il a poursuivi:

— Pourtant, même alors, ces procédés barbares répugnaient à certains.

Harold Macpherson était du nombre. Il fit tout ce qu'il put pour aider les fugitifs qui remontaient l'Iloise. Il accueillit même dans son manoir un rebelle blessé qui y mourut. Il est enterré dans l'île.

— Le patriote inconnu, ai-je dit.

— Tu es au courant! C'est lui qui a donné son nom au village.

— Mais ce n'était pas un saint!

— Qu'en sais-tu? L'Église n'a-t-elle pas institué la fête de la Toussaint en l'honneur de ceux qui ont atteint la sainteté sans pour autant pouvoir prétendre à la notoriété?

— C'est vrai, ai-je fait.

— Alors, tais-toi et écoute; j'arrive au cœur de mon récit.

«Peu après la mort du saint patriote, une flottille de huit rabaskas[1]! pointa à l'horizon de l'île. Les embarcations transportaient neuf familles, soit soixante-trois personnes si on leur ajoute le prêtre qui les accompagnait.

1. Rabaska: très grand canot pouvant accueillir de nombreux passagers.

Ils fuyaient une des paroisses dévastées par les troupes anglaises.»

— Laquelle?

— Malheureusement, l'information n'est pas arrivée jusqu'à nous. Ce qui est curieux, car nous tous, ici, descendons de ces gens, les fondateurs de Saint-Inconnu. Ils eurent, je suppose, tant à faire pour affronter la dureté de leur quotidien qu'il ne leur restait guère de loisirs pour en entretenir leurs descendants.

«Tout ce que la tradition orale nous a transmis de cette mystérieuse localité abandonnée par les fondateurs de Saint-Inconnu, c'est qu'elle était située sur la rive sud du Saint-Laurent et que le beffroi de son temple abritait une cloche au timbre si pur que, le samedi saint, on venait de trente lieues à la ronde l'entendre se réjouir de son retour de Rome.»

— Dommage que les paroissiens ne l'aient pas emportée avec eux dans leur fuite.

— Ah! mais ils l'ont fait.

— Elle s'est enrouée depuis.

Le curé a pris un air abattu.

— Tu te doutes bien que ce n'est pas la même cloche. Les fuyards l'ont perdue en chemin, je suppose; à moins qu'ils ne l'aient cachée.

— En effet, il y a là un mystère.

— Et une grande misère.

Il avait arrêté de se bercer et avait incliné la tête. Les mains posées sur ses genoux, il semblait très affligé.

— Et la sculpture? ai-je demandé.

— Quelle sculpture?

— Celle qui accompagne le tombeau du patriote inconnu.

— Ah! probablement l'œuvre d'Harold et de ses gens. Mais ce n'est pas une sculpture. À l'époque, on n'attribuait pas ce beau nom à quelques morceaux de fer assemblés vaille que vaille. Pourtant, la chose est ancienne; elle doit dater de la période des troubles.

— Pourquoi l'a-t-on érigée, alors?

— J'aimerais le savoir.

— Un autre mystère?

— Oui. Il y a aussi celui du trésor supposé dans l'île.

— Un vrai trésor?

— Paraît-il.

Nous sommes demeurés un moment silencieux. La nuit maintenant bien établie régnait sur un village aussi calme qu'un sépulcre de pharaon. Le curé s'est levé.

— Es-tu suffisamment reposé?

— Pas autant que renseigné, mais ça va.

J'ai renversé de nouveau la chaise sur ma tête et l'ai suivi en silence jusqu'au presbytère.

Sur le chemin de la grotte, il m'est venu à l'esprit que j'avais négligé d'interroger le curé sur les hiéroglyphes et je m'en suis voulu.

Vu l'heure tardive, le monte-charge n'était pas en service. J'ai donc pris l'escalier.

En bas, j'ai aperçu Roux. Il était en compagnie d'une femme d'âge mûr. Elle se tenait debout dans la clarté lunaire, la tête légèrement penchée et les mains jointes, comme une madone.

Intrigué, je me suis caché sous l'escalier.

Du petit port m'est parvenu un bruit de raclement. Je me suis retourné et j'ai vu une barque manœuvrée par un vieillard si décharné que son apparence défiait la nuit des temps. Il a accosté et s'est approché de Roux et de la dame. Il était long et blême comme un jour de carême.

VIII

Le vieillard, imité par la femme et par Roux, est monté dans la barque. Celle-ci a pris la direction de l'île.

J'ai décidé de les y suivre. Depuis que je savais qu'elle pouvait receler un trésor, l'île m'attirait comme un aimant.

Je me suis dévêtu et j'ai enveloppé mes espadrilles et ma montre dans mes vêtements. J'ai plaqué le paquet ainsi formé sur mon épaule et contre mon oreille gauche, et je l'ai assujetti à l'aide de ma ceinture que j'ai bouclée sous mon aisselle droite. Ainsi harnaché, je me suis glissé dans l'eau et, mes affaires au sec, j'ai nagé de côté parmi les clapotis de lune.

J'ai pris pied sur la pointe où j'avais déjà abordé. La barque n'y était pas. J'ai supposé que le trio avait contourné l'île pour accoster près de la maisonnette aux saules pleureurs.

Pour m'y rendre, il me fallait traverser l'île dans le sens de sa longueur. Le sentier que j'avais déjà emprunté était ainsi orienté. Je l'ai pris et j'ai marché vers la sépulture du patriote inconnu.

Son âme hantait-elle encore les lieux?

J'arrivais à la clairière lorsque, de très près, m'est parvenu un bruit faible mais net; comme si quelqu'un avait mis le pied sur un rameau sec. Je me suis arrêté et me suis tapi dans les hautes herbes.

Une ombre a pénétré dans la clairière; une ombre si longue, si filiforme, qu'elle ne pouvait appartenir qu'au vieillard de la barque. Il transportait une cage métallique.

L'ombre s'est dirigée vers le kiosque. Je me suis approché en rampant et me suis caché derrière le monument au patriote.

Durant un long moment, il ne s'est rien passé. Silence. On aurait cru les bêtes anxieuses de ce qui allait se produire.

Mais peut-être l'espéraient-elles, plutôt?

Dans le kiosque, une petite flamme a percé les ténèbres; si ténue, si fragile que, toute son énergie employée à manifester sa présence, il ne lui en restait plus pour éclairer ses alentours. On ne voyait qu'elle.

Une note s'est élevée et a tenu un moment compagnie à la flamme; puis une deuxième, et une troisième, et enfin tout un enchaînement.

La nuit est devenue harmonie et la forêt a soupiré.

À quelques pouces de ma main, une couleuvre avait dressé la tête et fixait le kiosque, immobile et fascinée. Quant à moi, j'étais envoûté.

J'ai entendu remuer sur ma droite, comme si quelqu'un agitait une corde dans l'herbe; une grosse corde qui aurait eu le pouvoir de siffler.

— Sissss!

J'ai aperçu un serpent, gros comme ma cuisse, long de six mètres. Il avançait vers le kiosque, son corps ondulant au rythme de la musique.

J'étais pétrifié.

Le reptile a traversé toute la clairière, sifflant et ondoyant, et est entré dans le kiosque.

On a cessé de jouer.

Le vieillard avait déposé la cage sur la table. La clarté lunaire l'éclairait et j'ai vu qu'elle renfermait maintenant le serpent.

En face de moi, une lueur est apparue à l'orée du bois. C'était Roux qui portait une lanterne. La femme suivait. Ce devait être la mère de Roux. Et je me suis dit que le joueur de cornemuse était le passeur qui, chaque jour, faisait la navette entre l'île et la terre ferme, transportant Roux et les provisions.

Un passeur, mais aussi un charmeur.

Le trio entourait maintenant la petite table du kiosque sur laquelle reposait la lanterne. Roux était assis, le menton appuyé sur ses avant-bras posés sur la table, le regard fixé sur le serpent qui semblait dormir. Debout, les deux autres causaient. Le murmure de leurs voix me parvenait sans que je puisse comprendre leurs propos.

J'ai rampé jusqu'à la base en béton du kiosque et là, près d'eux à les toucher, j'ai écouté. Pour voir, je n'avais qu'à relever un peu la tête.

— Je l'appelle maintenant parce que c'est son heure.

— C'est plutôt le moment de dormir, a rétorqué la mère de Roux.

— À mon âge, le sommeil fuit.

— Mais Roux est jeune, lui. Et il doit récupérer. Vous savez bien qu'il accourt dès que vous en jouez.

— Il est comme les bêtes.

Roux dormait, à présent, la tête posée sur ses avant-bras. Pendant un moment, ils n'ont dit mot, puis ils ont parlé d'une fête au manoir, prévue pour bientôt.

— Et s'il pleut? a demandé la femme.

— Nous ferons comme l'an dernier.

— Peut-être Archibald trouvera-t-il le trésor.

Ils ont ri doucement, comme pour protéger le sommeil de Roux.

Le petit cri d'une proie saisie par son prédateur a troublé la paix de la nuit. La femme a pris la lanterne.

— Venez, passeur.

— Et lui? a demandé le vieillard en montrant Roux.

— Il suivra bien si vous jouez. Doucement, s'il vous plaît.

Le passeur a harnaché sa cornemuse et est sorti du kiosque, imité par la mère de Roux. Dès les premières notes, celui-ci s'est réveillé et les a suivis de sa démarche désarticulée, l'air ravi.

J'ai attendu un peu, puis je me suis engagé à mon tour dans le sentier qu'ils avaient pris.

J'ai avancé avec précaution sur quelques centaines de mètres et j'ai vu la maison. Une des fenêtres laissait filtrer un peu de lumière. À ma droite, j'ai discerné la masse sombre d'une construction imposante.

Était-ce le manoir où devait avoir lieu la fête? Je m'y suis dirigé en rampant.

Au moment où je posais la main sur une sorte de seuil en pierre, on a éteint dans la maison. Devant moi, une porte qui refusait de s'ouvrir. La forcer? j'aurais fait du bruit. Je me suis plutôt lové derrière un buisson proche et j'ai attendu l'aube.

Je n'ai pu dormir.

Aussi, dès que le ciel a pâli, je suis sorti de derrière mon buisson et j'ai amorcé le tour du bâtiment, cherchant un moyen d'y pénétrer. Ce qui m'a été facile, car aucune des longues fenêtres ogivales ne possédait de vitre.

Dans la maison, tout semblait dormir.

J'ai passé ma main par un carreau et ai soulevé le loquet d'une fenêtre.

J'ai grimpé sur le rebord de la croisée et j'ai sauté à l'intérieur, effarouchant une chouette qui a effleuré mes cheveux d'un coup d'aile. J'ai frissonné et regardé alentour.

La pièce où je me tenais faisait bien quinze mètres sur dix. Elle était haute de plafond. Ses murs les plus longs s'ornaient de fenêtres si rapprochées qu'on aurait dit une verrière, n'eut été l'absence de vitres. Les deux autres murs étaient aveugles, l'un donnant asile à un vaste foyer. À l'autre bout de la salle, face au foyer, était installée une sorte d'estrade où reposait un siège colossal en bois qui me sembla précieux, sculpté en toutes ses entournures.

J'ai dit un siège, mais c'était plutôt un trône. Et si merveilleusement travaillé, que maître Ricard l'aurait adoré. Hormis cette chaise, aucun meuble dans la salle.

Je suis monté sur l'estrade.

Autour du trône, de grandes boîtes de carton jonchaient le sol. Sur chacune, un autocollant. Je lus: *gentilshommes, indiens, habitants, soldats, gens de robe, bouffons, artisans...* J'en ai ouvert quelques-unes; elles contenaient des costumes.

Des costumes pour les invités de la fête, j'en étais sûr.

Sur le rebord d'une fenêtre s'allumait le pâle reflet d'un soleil naissant. Le ciel m'avertissait qu'il était temps que je quitte l'île.

IX

La semaine suivante, maître Ricard m'a initié à l'ébénisterie. Son atelier avait reçu commande d'une grande table ovale pour la fabrication de laquelle j'avais secondé Jasmin. Nous avons utilisé du noyer et du contreplaqué de Russie.

À partir de cette ébauche, nous avons fignolé une œuvre d'art.

J'ai aidé mon patron à découper de minces et étroites feuilles dans du bois de palissandre, feuilles que nous avons taillées et agencées sur les côtés et la surface de la table de manière que les nervures du bois précieux dessinent de grands papillons d'or et d'ébène.

Ensuite, j'ai appris l'usage de ces colles mystérieuses dont l'adhérence défie les siècles. Enfin, j'ai poncé et ciré.

Le vendredi, la table était fin prête. Fier comme un nouveau père, je tournais autour tandis qu'un Jasmin jaloux grommelait dans son coin. Il n'appréciait guère mon nouveau statut d'apprenti et encore moins mon concours à la transformation d'un meuble bien ordinaire en chef d'œuvre.

* * *

Le soir même, j'ai de nouveau invité Sylvie au restaurant, histoire de terminer en beauté cette glorieuse semaine.

— Impossible ce soir: je répète avec Archibald. Mais demain, ça irait. À une condition.

— ..., ai-je fait, bouche bée.

— Tu connais Gaby?

— Gaby qui?

— Gaby le barbier. Tu vas me promettre d'aller le voir. Tu as de si beaux yeux! Pourquoi les cacher?

— Sont-ils plus beaux que ceux d'Archibald?

— Grand fou!

Comment ne pas acquiescer à une demande si finement tournée? Le lendemain donc, vers les neuf heures et demie, je suis entré chez Gaby dont le commerce a devanture sur la rue de l'église, à deux pas de l'atelier. Gaby est le barbier attitré de Saint-Inconnu. Je dis bien barbier, et non coiffeur, car il lui arrive encore de faire la barbe à quelques clients.

Gaby m'a reconnu. Il venait souvent à l'atelier partager une bière avec M. Ricard.

— Si c'est pas Robert! qu'il a clamé à mon entrée.

Puis, se tournant vers la file d'attente:

— Je ne suis pas intelligent, mais j'ai de la mémoire. Je me souviens encore de son nom. Pourtant, rien qu'à le regarder, il saute aux yeux qu'il n'est pas venu depuis belle lurette.

Ces paroles entachaient légèrement

la vérité car c'était la première fois que j'entrais dans sa boutique.

— C'est ma fille qui l'y a forcé, a dit M. Ricard, qui occupait le premier siège de la file d'attente.

Je l'ai salué et j'ai défilé devant une haie moqueuse jusqu'à la dernière chaise. Gaby est revenu au sujet qu'il avait mis momentanément de côté afin de saluer mon entrée.

— Le problème, c'est que les gens ne savent pas voir. Prenez une enseigne de barbier, par exemple.

— Qu'est-ce que cela a de commun avec Roux? a demandé le curé.

Il trônait sur le fauteuil à bascule. Gaby, le blaireau en l'air, s'apprêtait à lui clouer le bec; aussi s'était-il dépêché de parler. En guise de réponse, Gaby lui a renvoyé une question.

— À quoi donc vous fait penser une enseigne de barbier, monsieur le curé?

Il tenait toujours le blaireau, comme la statue de la liberté, son flambeau.

— Euh!... à un bâton de sucre d'orge.

—Vous n'en aurez pas. Tenez! prenez ça, plutôt.

Et de lui barbouiller le pourtour de la bouche de mousse à raser, avec une attention toute particulière pour le dessous du nez. Le curé a fermé les yeux dans une attitude de détente totale. Il devait faire du yoga dans ses moments libres.

Gaby a nettoyé le blaireau sous un jet d'eau, l'a déposé sur le comptoir et a pris un rasoir. Tout en le passant sur la courroie de la chaise, il nous a éclairés sur les origines du poteau de barbier. Il nous a renseignés aussi sur sa symbolique.

—Ça remonte au moyen âge. En ce temps-là, les barbiers pratiquaient la saignée.

Le curé a ouvert un œil inquiet.

—Rassurez-vous; nous ne le faisons plus. À l'époque, c'était supposé tout guérir. Notre poteau représente un bras sur lequel du sang coule en spirale.

Nous avons tous regardé Gaby avec

la vénération de disciples pour un maître. Il est demeuré silencieux quelques secondes, le temps de passer le rasoir sur une joue, puis il a aiguillé la conversation sur Roux.

— Un poteau de barbier, ça me fait penser à Roux.

— Comment ça? s'est exclamé mon voisin, dont j'ai su plus tard qu'il se nommait Antoine Latour et qu'il était maire de Saint-Inconnu.

— À cause du filet de sang bleu. Vous aurez remarqué qu'il y a deux spirales sur le poteau: une rouge pour le sang des gens ordinaires comme nous et une bleue, qui représente le sang des nobles, je suppose.

Le curé est sorti de son demi-sommeil.

— Es-tu bien sûr de ce que tu avances à propos de la spirale bleue?

— J'ai dit que je le supposais.

Le curé s'est assoupi de nouveau, l'amorce d'un sourire sur les lèvres.

— Toujours est-il, a repris Gaby, qu'en Roux coule un sang noble, puisque Harold, son ancêtre, a été anobli. Or, qui dit sang noble dit souvent sang fatigué. Ce qui explique son état, je pense.

—Balivernes! a tonné le curé. Ton hypothèse ne tient pas plus debout que ta supposition à propos de la spirale bleue. Arrête de penser, t'es pas fait pour ça; rase-moi, plutôt.

Tout le monde a ri, y compris Gaby.

—Roux est tordu comme un poteau de barbier, a dit le maire. Il fait tout de travers.

—Il a même pissé sur les cèdres de Mlle Adélaïde, a renchéri son voisin.

Et les voilà partis sur les récents méfaits de Roux, qui aurait tiré la queue du chat de je ne sais qui parce que la bête aurait fait je ne sais quoi, qui aurait cueilli trois fleurs chez les Jolicœur pour les offrir à sa mère, qui ne cesserait de narguer les jeunes gens bien qui se tiennent devant le chic resto-bar *Canasta,* qui...

—C'est eux plutôt qui se moquent de lui, ai-je rétorqué. Mais on a fait comme si je n'avais rien dit.

— Il faudrait qu'il soit placé en institution, a dit le maire. D'ailleurs, je sais qu'une pétition circule à ce sujet. C'est Jasmin qui s'en occupe.

J'ai vu M. Ricard ouvrir la bouche, comme s'il avait voulu intervenir. Mais il n'a dit mot. Le curé, lui, s'est raclé la gorge.

— C'est triste que Roux soit ainsi, a dit le maire, je me demande qui va hériter de l'île et de la maison.

— Il y a aussi le manoir, même s'il tombe en ruine, a ajouté un grand échalas que je ne connaissais pas.

— Il ne faut pas oublier le trésor, a surenchéri Gaby. Les Écossais ont la réputation d'être près de leurs sous. Le magot doit être gros.

Tout le monde a éclaté de rire; sauf le curé, car la cloche s'était mise à sonner. Il a plutôt grimacé. Puis, s'adressant à Gaby:

— Ne me dis pas que tu crois à cette histoire de trésor?

— Qui sait? Mais comme je ne l'ai pas encore trouvé, j'apprécierais de me faire payer.

Ce disant, il a enlevé le drap du cou du curé à la manière d'un prestidigitateur. Le curé a payé, laissant même un gros pourboire souligné par le sifflement approbateur du figaro.

— Au tour d'Ernest, maintenant. La tête ou le menton?

— Les deux, a répondu M. Ricard, en prenant place sur la chaise à bascule.

Il était midi passé lorsque je suis sorti de chez Gaby, tondu et déçu que le curé et M. Ricard ne se soient pas portés à la défense de ce pauvre Roux.

* * *

Ce soir-là, tout en dévorant la plus grosse part d'une pizza géante, j'ai interrogé Sylvie au sujet du trésor.

— Il existerait, paraît-il. Avant de mourir, Harold l'aurait fait enterrer dans l'île par un vieux serviteur. Celui-ci serait mort peu après, avant d'avoir pu divulguer son secret à quiconque.

— Personne d'autre n'était au courant?

— Non, à ce qu'il semblerait.

— L'île est grande.

— La pizza aussi. Ne pense plus au trésor et mange avant qu'elle ne refroidisse. Et puis, j'aimerais te parler de *La Cloche de Notre-Dame* et de notre vedette.

— Pas encore!

— Serais-tu jaloux?

Elle a beaucoup parlé, mais, ce soir-là, je n'ai rien appris sur la pièce et la star Archibald que je ne savais déjà.

X

À Saint-Inconnu, les dépanneurs ferment à dix-huit heures en semaine et n'ouvrent pas le dimanche. Par contre, la bibliothèque est accessible tous les jours, à toute heure, même la nuit.

Curieux? Peut-être. Mais, à la réflexion, n'est-ce pas plutôt accorder à la culture la place qui lui revient?

La bibliothèque est vaste et aménagée de façon très moderne. Elle comprend quatre ailes formant un rectangle autour d'un atrium que contourne, sous une mezzanine, une promenade à colonnade. Le contenu? Un fonds de trois cent soixante-dix mille livres et de vingt mille revues, enrichi régulièrement des dernières nouveautés.

Du grand luxe pour une population de sept mille habitants.

Bien sûr, cela coûte cher. L'argent provient des profits générés par la fabrique d'huile de tournesol cédée pour un dollar à la municipalité par son ancien propriétaire, John Macpherson, petit-fils d'Harold, à la condition que les bénéfices servent à des fins culturelles.

Ces renseignements, je venais de les trouver dans l'ouvrage savant en quatre tomes du chanoine Philias Latulippe: *Petite histoire de Saint-Inconnu et de ses Inconnois,* aux éditions de l'Austral.

Je bouquinais dans l'atrium de la bibliothèque, sous un arbre vénérable et à deux pas d'une fontaine qui égayait les lieux. C'était dimanche après-midi, le lendemain de ma visite chez Gaby, et je me sentais la tête légère et l'esprit alerte.

— Houhou! c'est moi, a susurré une voix derrière moi.

Je me suis retourné.

— Ah! c'est toi, ai-je murmuré, car c'était elle.

— Chut! a fait la préposée, qui passait par là. Son index en travers de ses lèvres charmantes, elle roulait de grands yeux bleus admirables.

Lorsqu'elle s'est éloignée, Sylvie m'a chuchoté à l'oreille:

— Je t'ai cherché partout avant de venir ici. Je découvre que monsieur est un intellectuel alors que je le croyais plutôt «physique».

— C'est de famille, ai-je soupiré, en baissant les yeux avec modestie.

J'ai reçu une bourrade dans le dos.

— Je serai prête à six heures. Tu viens me chercher?

— Bien sûr.

— À ce soir!

— Arrosoir!

Sylvie partie, je me suis replongé dans ma lecture avec d'autant plus d'intérêt qu'à la page dix-sept du deuxième tome, l'érudit chanoine avait écrit:

«... Alors Harold fit enterrer le patriote inconnu dans l'île. Sur sa tombe, pour une raison qu'il m'a été impossible de découvrir, il fit ériger une curieuse sculpture en fer, de la forme dessinée ci-après. Au moment où j'écris ces lignes, elle se dresse toujours, comme un défi à quiconque voudrait percer son mystère.»

Un signe identique à celui que j'avais découvert parmi d'autres dans la grotte, derrière la pile de bois. Le rapport que je n'avais su établir entre le signe de la grotte et la sculpture me semblait maintenant évident: j'ai poursuivi heureusement ma lecture. À la page vingt-huit, il était fait mention du trésor. Je cite:

«... Quant au trésor qui hante les rêves de tant d'Inconnois, mes recherches m'inclinent à penser qu'il existe. Cependant, il ne serait pas constitué des économies d'Harold, mais plutôt de la bourse commune des réfugiés. De peur que leurs richesses ne soient confisquées par leurs poursuivants éventuels, les fuyards les auraient

confiées à Harold en attendant que les choses se tassent.

«Mais tout cela n'est qu'hypothèse de ma part.

«Un fait cependant demeure: quelque chose a été enterré dans l'île à la demande d'Harold par un vieux serviteur, mort avant d'avoir pu dévoiler l'emplacement de la cache.»

Soudain j'ai entendu «heuheuheu!» et j'ai senti qu'on me poussait du coude. C'était Roux. Il tenait à deux mains un grand album qu'il m'a presque plaqué sur la figure. Postée non loin de nous, la préposée ne le perdait pas de vue.

J'ai fait signe à Roux de prendre place à côté de moi et ai repris ma lecture. Je cherchais une explication à la présence des hiéroglyphes dans la grotte. Je ne pouvais en trouver. Ou le chanoine avait ignoré leur présence, ou il ne les avait pas jugés dignes d'attention.

Roux semblait être aux anges. L'album qu'il parcourait contenait des planches en couleurs représentant de grands fauves. De temps à autre, il mettait une de ses larges mains sur mon livre et tapait simultanément de l'autre sur son album en disant: «tigue» ou «lion» ou «riféroce».

La préposée le surveillait toujours et son agacement augmentait à vue d'œil. N'y tenant plus elle s'est enfin approchée et a arraché l'album des mains de Roux. Bouche bée, celui-ci l'a regardée d'en bas, les yeux pleins de détresse.

—Pourquoi faites-vous ça? ai-je demandé.

—Il a salivé dessus. S'il n'est pas capable de respecter les livres, qu'il s'en passe.

La méchanceté pointait aux coins de ses lèvres charmantes et ses yeux reflétaient un bleu inflexible.

—Viens, ai-je dit à Roux, qui s'était mis à pleurer.

Mais les chagrins de Roux ne durent pas. Dès que nous sommes sortis de la bibliothèque, il s'est mis à sourire. J'ai vu qu'il avait recouvré toute sa gaieté naturelle quand, devant l'église, il s'est mis à sauter sur place en m'indiquant le placard affiché sur la porte principale.

LA CLOCHE DE NOTRE-DAME
AU PARC
dimanche 23 août,
à 22 heures
avec
A. ROBITAILLE: la chèvre
S. RICARD: Esméralda
A. MACPHERSON: Quasimodo
G. MARCOTTE: Lucifer
G. ALLARD, CURÉ: le curé
entrée: 2 $

N.B.: Les recettes seront entièrement versées au fonds spécial pour l'achat d'une nouvelle cloche.

J'allais enfin connaître ce fameux Archibald dont Sylvie m'avait tant parlé.

J'ai laissé Roux au petit port et je me suis dirigé vers la grotte afin de faire un brin de toilette et revêtir une tenue digne d'un spectacle où figuraient Sylvie et le grand Archibald.

XI

Avant le spectacle, Sylvie et moi avons pique-niqué au bord de l'Iloise, à l'ombre de la falaise.

D'un grand panier d'osier, Sylvie a tiré une nappe brodée et des napperons à l'avenant, des verres, des ustensiles, une baguette de pain, quelques crudités, des viandes froides et une bouteille de vin «empruntée» à la cave paternelle.

Elle n'avait pas oublié le tire-bouchon.

— Un Châteauneuf du Pape 19✹✹! me suis-je écrié. Que va dire ton père?

— Rien. Il ne s'en apercevra même pas. Il n'en boit jamais; il se contente de les collectionner.

—Ah! si c'est ainsi..., ai-je dit. Et j'ai tendu ma coupe, subtilisée à la verrerie maternelle.

—Ne la fais pas tomber. Elle est en cristal.

Nous avons bu délicatement et mangé du bout des doigts tout en regardant l'ombre de la falaise s'étirer sur la plage. En guise de dessert, j'ai eu droit à deux portions de tarte au citron.

—Une recette du curé, m'a signalé Sylvie, et cuisinée par lui. Il en apporte toujours lorsqu'il vient nous rendre visite.

Très bon.

Je me suis délicatement tapoté les lèvres du bout de ma serviette, puis j'ai aidé ma compagne à replacer ce qui devait être rapporté dans le panier, dont j'ai saisi l'anse en proclamant:

—Rien de tel qu'un fin repas avant un grand spectacle ou vice versa.

—Je crois que les gens vont apprécier Roux.

— Roux? Pourquoi?

— Dans le rôle de Quasimodo; c'est affiché partout.

— Je croyais qu'il était joué par ton fameux Archibald.

— Roux est le surnom d'Archibald. Ne me dis pas que tu l'ignorais.

Je suis resté pantois pendant quelques instants.

— Mais il ne sait presque pas parler!

— C'est vrai, mais il s'agit plutôt de faire le singe. Ce qu'il accomplit très bien, je t'assure.

* * *

La représentation avait lieu au parc, à l'endroit où le terrain forme un amphithéâtre naturel. Une estrade en occupait le point le plus bas. À l'arrière de cette scène se dressait rien moins que la façade de Notre-Dame de Paris peinte sur une toile tendue entre deux hautes tours faites de perches assemblées avec de la corde. L'œuvre des scouts de l'endroit.

Une passerelle réunissait le sommet des deux tours.

En haut de la tour de gauche pendait une grosse cloche que j'ai supposé être de carton-pâte moulé sur une structure métallique.

— C'est mon père qui a peint la toile, m'a dit Sylvie. À partir d'une carte postale qu'il a quadrillée.

Nous nous sommes glissés derrière la toile où Roux regardait le curé s'agiter.

— Tintamarre!

Le curé tenait à la main une boule d'environ quinze centimètres de diamètre qui me sembla constituée de papier mâché. Une mèche longue de deux mètres s'en échappait.

Le curé cherchait autour de lui en grommelant.

— Où peut bien être passé ce tintamarre de canon! Je l'avais déposé sur la table, juste ici. Ce n'est pas toi qui l'aurais pris, Roux?

— Pourquoi lui? s'est écrié Sylvie. C'est toujours lui qu'on accuse.

Du coin de l'œil, j'ai aperçu quelques habitués du chic resto-bar *Canasta* rôder autour de nous. Jasmin était parmi eux. Il a montré une bouteille de boisson gazeuse à Roux et celui-ci est allé les rejoindre.

—Je sais bien que ce n'est pas Roux, a répondu le curé, radouci. J'ai peur que nous ne devions nous passer du coup d'envoi. Dommage. Ah! J'aurais tant aimé sentir encore une fois l'odeur enivrante de la poudre. Tiens! Soupèse ça!

Il m'a remis la boule et j'ai réalisé qu'il y avait là plus que du papier mâché.

—Deux livres de poudre. Ça éclate en deux temps: au départ — bang! — puis, très haut dans le ciel — BANG!

—Bang! BANG! ai-je fait.

—C'est ça.

Et de m'expliquer que l'art de l'artificier, en pareil cas, consiste à glisser la bombe dans un long tube d'épais carton — le canon — préalablement enterré selon l'angle voulu jusqu'à ras gueule.

— Il faut que la terre soit bien tassée, sinon c'est toi qui risques d'être enterré. Tu vois?

— Oui, ai-je fait, bang! BANG!

— C'est ça. Ton canon installé, tu n'as plus qu'à ramper comme un Sioux jusqu'à la mèche qui doit dépasser de deux bons pieds, puis...

— Bang! BANG! a fait Sylvie. À propos, votre fameux canon, il est rouge, n'est-ce pas?

— Tu l'as vu?

— Pendant que vous parliez, un enfant l'a jeté dans le bassin.

— Tintamarre!

Le curé s'est précipité vers la pièce d'eau. J'ai déposé sa bombe sur la table et l'ai suivi. Le canon était bien dans le bassin, de l'eau plein la gueule, ramolli, inutilisable. Nous aurions pleuré sur son sort si les gens de la sono nous en avaient laissé le temps.

— Ils ne peuvent rien décider sans moi, a soupiré le curé en nous quittant.

— Et moi, je ne peux rien faire sans toi, m'a dit Sylvie. Viens! Roux a besoin de notre aide.

Derrière la toile, sous les quolibets de Jasmin et de ses chics camarades, notre ami essayait d'enfiler une sorte de harnais fixé à une grosse poche bourrée à crever.

— Retournez dans les gradins ou je vous botte le train! a clamé le curé en direction des voyous qui *illico* ont pris la poudre d'escampette.

Quant à moi, j'ai maintenu la poche à bonne hauteur sur le dos et les épaules de Roux tandis que Sylvie bouclait les lanières sur son ventre.

Sur ces entrefaites, Mme Ricard est arrivée. Elle a déposé un long étui sur la table.

— La fourche de Gaby est dedans. Ah! bonsoir, Robert.

Puis, se tournant vers Sylvie:

— Il a encore embelli. Tiens! voilà ta tenue de bohémienne. Penche-toi, Roux.

Ce dernier s'est incliné et elle les a enveloppés, lui et la poche, d'un surtout en toile de jute qui lui descendait à mi-cuisse. Enfin, elle lui a posé sur la tête une tuque jaune pourvue d'un long cône terminé par trois pompons rouges. Ainsi accoutré, notre ami s'est mis à courir partout, se déplaçant latéralement, une main touchant presque le sol et l'autre repliée sur sa tête, à la manière des chimpanzés. Ce faisant, il émettait des «heu! heu!» joyeux. Sylvie l'a ramené à l'ordre, puis m'a demandé d'aller prendre place dans les gradins.

— Je dois m'habiller, et il y a le décor à mettre en place.

Sous l'estrade, j'ai entendu bêler. Surpris, j'ai regardé ma compagne.

— Ma collègue m'appelle.

Sur ces derniers mots, elle m'a poussé en bas de la scène. J'ai cherché quelques instants une place libre sur les gradins bondés et l'ai trouvée juste au moment où les scouts masquaient la scène avec de grands draps fixés à des bâtons.

Derrière les draps se préparait le mystère.

Il y a eu beaucoup d'agitation, on a entendu quelques «tintamarre!», puis les scouts sont partis, dévoilant le curé qui se berçait avec fougue.

— Quasimodo! a hurlé le curé, c'est l'heure!

Et voilà Roux qui saute sur l'estrade, la traverse à la manière simiesque de tout à l'heure et gravit la tour de gauche en moins de temps qu'il ne faut pour le dire.

Mais c'est qu'il bondit sur le rebord de la cloche maintenant, entourant celle-ci de ses bras et poussant avec ses pieds, comme le ferait un enfant debout sur la planche de sa balançoire.

— Ahhh! font les spectateurs, moi compris, car la tour oscille presque autant que la cloche. Elle tient bon, pourtant, et tangue sans dommage pendant plusieurs minutes au rythme de *L'Ouverture 1812* diffusée par les hauts-parleurs.

La musique cesse, Roux redescend, le curé a fini son dangereux exercice et les scouts viennent vite effacer le premier tableau avec leurs draps.

Au début du deuxième tableau, les scouts sont assis sur leurs draps.

Une chèvre circule parmi eux, debout sur ses seules pattes arrière, ses pattes avant tenant une sébile. Esméralda suit, pieds nus, un tambourin à la main.

— Et si nous dansions? chevrote la chèvre d'une voix qui ressemble curieusement à celle de Mlle Adélaïde.

Et la bohémienne d'exécuter des entrechats compliqués au rythme de son tambourin et d'une mélopée nasillarde fredonnée par les scouts. Quant à la chèvre, elle circule parmi la foule en se dandinant, recueillant avec sa sébile des sommes additionnelles pour la cloche.

Lorsqu'il est devenu évident que tous les généreux donateurs se sont exécutés, le curé surgit, criant «tintamarre!» et se lançant dans un sermon sur l'indécence de se livrer à des danses profanes sur le parvis de Notre-Dame. Et il chasse Esméralda et sa chèvre.

Ainsi s'est terminé le deuxième tableau sur quelques applaudissements ponctués de sifflets.

—De l'action! a crié quelqu'un, juste au moment où une nouvelle fuite des draps nous découvrait une Esméralda et sa chèvre affalées sur la scène.

Toutes deux pleuraient à fendre l'âme.

Soudain, d'une trappe dans le plancher surgit Satan en personne dans un épais nuage de fumée. Malgré un collant rouge à capuchon qui l'amincit et une queue qui le prolonge de deux bons mètres, je reconnais Gaby à sa moustache en crocs.

—Pourquoi pleures-tu, ma belle? demande le diable. Il nous fait un clin d'œil comme pour nous indiquer qu'il n'a posé la question que pour la forme.

Esméralda raconte ses déboires et accuse le curé de harcèlement à son égard; le diable lui promet de la venger en échange de son âme.

Esméralda accepte, faisant mine de se trancher le poignet et signe le contrat avec son sang.

Le cliché est si gros, l'intrigue si prévisible, que plusieurs spectateurs se lèvent dans un concert de sifflets et de huées.

C'est alors que toutes les lumières du parc s'éteignent, empêchant les gradins de se vider.

Puis un projecteur s'allume, promené lentement dans la structure de perches et de cordes. Enfin, il s'arrête.

— Oooooh! font les spectateurs, qui peuvent maintenant voir Satan grimper dans la structure sur fond de grosse lune verte. Ceux qui allaient partir se rassoient.

Le diable se hisse jusqu'à la cloche et crie: «Curé!»

Un second projecteur dessine sur la scène un cercle rouge au centre duquel se berce le curé.

«Curé! crie le diable, Esméralda sera vengée!»

Ce hurlant, il fait mine de couper la

corde qui retient la cloche à la structure.

Le curé saute sur ses pieds, lève les bras au ciel et se met à invectiver Satan qui lui répond du tac au tac.

Or, pendant que les protagonistes échangent des injures, un troisième cercle de lumière, bleue celle-là, apparaît au milieu de la seconde tour. Il encadre Quasimodo qui s'y hisse en catimini, armé d'un bâton de base-ball.

— Bravo! crient quelques spectateurs.

— «Heu! heu! heu!», clame le bossu, parvenu tout en haut. Et il s'engage sur la passerelle qui relie les deux tours par leur sommet.

Au cri de Roux (Quasimodo), Gaby (le diable), s'est retourné. Or, voilà maintenant que lui aussi se hisse sur la passerelle, fourche en main.

Dans les gradins, les gens retiennent leur souffle.

Rond vert et rond bleu se sont rapprochés pour ne former bientôt qu'un seul cercle bleuâtre au centre duquel le diable et le bossu engagent une lutte épique à grands coups de fourche et de bâton. Malheureusement, Quasimodo est bien vite terrassé par les coups sataniques de son adversaire.

—Hooon! font plusieurs spectateurs.

Le curé décide de voler au secours de son sacristain. À son tour, il gravit la structure sous des applaudissements nourris, ponctués de rires et de «oooh!» chaque fois qu'une perche craque sous son poids.

Arrivé en haut, le curé s'avance vers Satan et le saisit à la gorge avec tant de vigueur que ce dernier en perd sa fourche et tombe à la renverse. Les deux ennemis luttent un moment sur la passerelle, puis on a vu le diable se redresser fièrement, un pied sur le ventre de son adversaire.

En bas, sur la scène, Esméralda danse de joie avec sa chèvre.

Était-ce la fin de la pièce? Allait-on assister au triomphe du mal sur le bien?

Les spectateurs l'ignoreront toujours car soudain, la structure a émis un craquement sinistre.

Les deux tours ont oscillé, un câble s'est rompu et la passerelle s'est inclinée à tel point que ses trois occupants ont glissé vers le vide. Heureusement, la queue du diable s'est coincée *in extremis* entre deux planches de la passerelle et Quasimodo a réussi à s'accrocher d'une main à un bout de câble qui pendait.

— Et le curé? me demanderez-vous.

Je vous répondrai que Roux, de sa main libre, l'a agrippé au passage par le bord de sa soutane et l'a maintenu tête en bas au-dessus du vide.

— Les pompiers! a crié quelqu'un. Qu'on appelle les pompiers!

Ceux-ci ont mis dix bonnes minutes à arriver sur les lieux, temps que le curé a employé à injurier les scouts. Ils se tenaient sous lui, leurs draps tendus, prêts à le recevoir au cas où Quasimodo lâcherait prise.

Roux a tenu bon cependant et le

curé a vite retrouvé ses esprits, une fois les pieds sur terre.

De retour sur l'estrade, il a fait comme si la dernière scène s'était déroulée comme prévu. Il a fait cesser les rires, remerciant les scouts pour leur installation «tout juste assez solide» et présentant les acteurs comme si de rien n'avait été. Roux a été si fort et si longtemps ovationné que je ne pouvais maintenant imaginer personne signant la pétition pour son entrée en institution.

Ainsi s'est terminé ce spectacle mémorable.

Après avoir félicité Sylvie, j'ai pris le chemin de la grotte. Alors que je gravissais l'escalier naturel qui y menait, j'ai entendu: bang BANG!

Et je me suis rappelé de la bombe que j'avais déposée et oubliée sur la table, derrière l'écran.

XII

Le lendemain, dès mon arrivée à l'atelier, j'ai appris que Roux avait été arrêté.

— Ton fou est en dedans! m'a lancé Jasmin, au moment où je franchissais le seuil. Il a failli tuer un enfant.

Et de m'expliquer que mon ami avait placé une pièce pyrotechnique volée on ne sait trop où dans un vieux bloc-cylindres qui traînait dans le champ adjacent au garage Cossette.

— Le cave a mis le feu à la pièce. Tu comprends que le bloc a pété. Un morceau de fonte gros comme ça (il serrait ses deux poings l'un contre l'autre et les agitait devant mes yeux) est tombé sur le capot de la Chrysler du maire. Ça va coûter des sous.

— L'enfant était dans la voiture?

— Non; à côté de sa mère. Ils revenaient du parc. Des morceaux gros comme ça (là, il ne brandit qu'un poing) volaient partout.

— Des blessés?

— Non, mais plusieurs vitres brisées.

— Comment sait-on que c'est Roux?

— L'épais se promenait devant l'église, la face toute noire, en criant «Roux pas gentil».

Atterré, je me suis approché du tour où je devais former les barreaux d'un escalier en spirale pour la bibliothèque. Je n'avais pas le cœur à l'ouvrage. Pourquoi donc avais-je déposé la bombe sur la table au lieu de la remettre au curé?

J'ai appuyé trop fort sur le ciseau et la pièce s'est brisée. J'allais la remplacer lorsque j'ai vu M. Ricard s'approcher.

— Laisse ça! Nous allons au presbytère.

Je me suis lavé les mains et l'ai rejoint sous l'arbre de la place. Sur le chemin du presbytère, j'ai dû constamment veiller à ralentir mon pas; il boitait beaucoup malgré sa chaussure à semelle compensée.

À ma grande surprise, c'est Sylvie qui nous a ouvert.

— Que fais-tu ici?

— Je suis là pour la même raison que toi. Venez, il nous attend dans son bureau.

Elle nous y a précédés. À notre entrée, le curé nous a fait signe de nous asseoir. Il était au téléphone.

— Pourquoi le garder? Tu sais bien qu'il n'est pas dangereux.

— ....

— Mais il pourrait promettre de demeurer dans l'île.

— ....

— Je vois. Je te fais confiance.

Il a raccroché.

— C'était le chef de la police. Il ne veut pas relâcher Roux qui doit être protégé contre lui-même, paraît-il.

— Il a raison, a dit M. Ricard. S'il le libère maintenant, tout le monde va signer la pétition et un juge n'aura pas d'autre choix que de le faire interner.

— C'est ma faute, ai-je dit.

Je leur ai avoué ce que j'avais fait de la pièce pyrotechnique après l'incident de la noyade du tube.

— Balivernes! a grommelé le curé. Ce n'est ni ta faute ni la mienne. Ce n'est pas Roux qui a volé la bombe.

— Mais on l'a vu après la détonation, la figure noircie par la poudre.

— Je n'ai pas dit qu'il n'avait pas participé à la mise à feu. Il est même probable que c'est lui qui a allumé la mèche. Mais quelqu'un d'autre était là, je dirais même plusieurs autres, qui ont incité Roux à poser cet acte. Lui ne pouvait pas en prévoir les conséquences, mais eux, oui — les hypocrites.

Il a levé un doigt en l'air.

— Jasmin est un meneur. L'idée vient de lui. Il a misé sur l'innocence de Roux pour perpétrer son méfait.

J'ai besoin de me calmer. Vous permettez que je me berce?

Avec notre permission, il a pris place dans la berceuse et a poursuivi:

—Sylvie m'a convaincu. C'est Jasmin et sa bande qui ont volé la bombe. Ensuite, ils l'ont placée dans un des cylindres du bloc et incité Roux à l'allumer. Et ils se sont sauvés avant qu'il ne le fasse. Les lâches! À ton tour, Sylvie.

Celle-ci nous a expliqué que, connaissant bien Roux, elle ne pouvait l'imaginer en train de concocter le remplacement du tube de carton par le bloc-cylindres d'un vieux moteur.

—Seul, il aurait conservé la pièce dans ses mains et souri jusqu'à ce qu'elle lui éclate en pleine figure.

Après le spectacle, Sylvie avait aperçu Roux en compagnie d'une demi-douzaine d'habitués du *Canasta*. Jasmin était parmi eux.

—Je m'en suis tout d'abord inquiétée, mais comme j'aidais maman à tout ranger, j'ai laissé faire. Si j'avais su...

— J'ai interrogé Jasmin ce matin, a dit M. Ricard. Il prétend que Roux les a quittés, lui et ses amis, immédiatement après le spectacle.

Sylvie s'est levée et est allée à la fenêtre.

— Il ment. Pourquoi le gardes-tu, papa?

— Parce qu'il travaille bien.

À regret, dans mon for intérieur, j'ai dû convenir que M. Ricard avait raison. Jasmin était bon ouvrier. Mon patron a poursuivi:

— Pour sortir Roux du pétrin, il faudrait prouver qu'il n'a été qu'un instrument innocent. Pas facile.

Nous étions tous d'accord: ce ne serait pas simple.

— Il y a un autre moyen, a dit le curé.

Il avait arrêté de se bercer.

— Il faut faire peur à Jasmin. Une bonne frousse et il avouera. Je vais en parler à Gaby; il a de l'imagination. Nous pourrions organiser ça pour le week-end prochain, dans l'île.

—Au cours de la fête? ai-je demandé. J'espère qu'il ne pleuvra pas comme l'an dernier.

—Comment l'as-tu appris? m'a demandé Sylvie.

—Mon petit doigt... À propos, suis-je invité?

—Bien sûr, a dit M. Ricard. Nous étions sur le point de le faire.

—Pourrai-je participer à la course au trésor?

—Tintamarre! Mais tu sais tout.

De nouveau, j'ai agité mon petit doigt, et ils ont ri.

C'est M. Ricard qui a levé la réunion.

—Ton idée est bonne, Gustave. Si tu as besoin d'un coup de main, fais-nous signe.

Mais le curé n'écoutait plus. Les yeux clos, souriant, il se berçait, occupé, je suppose, à l'élaboration d'un plan diabolique.

* * *

M. Ricard m'ayant donné congé pour le reste de la journée, j'en ai profité pour aller visiter ce pauvre Roux à la prison municipale. On m'a introduit dans sa cellule et je me suis assis sur le lit où il gisait à plat ventre.

— Bonjour Roux, ai-je dit en posant ma main sur sa tête.

Il a reconnu ma voix et s'est levé d'un bond. De joie, il a sautillé un moment sur place puis, me prenant par le bras, il m'a entraîné vers la porte.

— Tu ne peux pas encore sortir, mais nous nous en occupons.

Il ne m'écoutait pas. Ou plutôt, il essayait en vain d'ouvrir la porte. Après un moment, il s'est tourné vers moi et me l'a montrée. Si j'avais pu entrer, devait-il se dire, c'est que je connaissais le moyen de l'ouvrir.

— Encore quelques jours, Roux, et ce sera fini. Il faut être patient.

Lui prenant le bras à mon tour, je l'ai entraîné vers le lit. Il s'y est assis et m'a regardé dans les yeux.

— Bob pas gentil!

Et il s'est remis à plat ventre, les mains sur les oreilles. C'était la première fois que je l'entendais prononcer mon nom. Je suis resté dans sa cellule encore quelques minutes au cours desquelles il n'a bougé ni dit un mot. Enfin, le gardien est venu m'ouvrir. Roux ne s'est même pas retourné, comme s'il s'était enfin résigné à son isolement.

XIII

Jean-François Champollion était un égyptologue français. En 1821, à partir d'hiéroglyphes gravés sur un obélisque, il a trouvé la clef qui a permis de décrypter les inscriptions sur les monuments d'Égypte et il est devenu célèbre.

Je le suis moins, bien que je le mérite tout autant. N'ai-je pas réussi à déchiffrer les mystérieux hiéroglyphes de la grotte?

Soyons modeste: le chanoine Philias Latulippe m'a un peu aidé avec son dessin de la page dix-sept du deuxième tome de sa *Petite Histoire de Saint-Inconnu et de ses Inconnois.*

Ce dessin, identique à l'un des signes de la grotte, il l'avait tracé dans le but d'illustrer la curieuse structure qui se dresse sur la tombe du patriote. J'en ai déduit que les hiéroglyphes entretenaient quelque rapport avec l'île et la structure.

Cela établi, assis sur une bûche, j'ai passé toute une veillée à essayer de décrypter le message.

J'ai commencé par compter les petits bâtonnets répartis en deux ensembles, ce qui m'a donné les nombres *huit* et *vingt-sept*.

Ce pouvait être une date: le 27 du huitième mois — le mois d'août. Mais de quelle année?

Ensuite, je me suis attaqué au soleil. Pourquoi l'avait-on dessiné à côté de la structure? Quel lien pouvait-il avoir avec celle-ci? Est-ce que le soleil agissait sur la structure? ou vice versa?

Bien sûr que non.

Soudain, j'ai pensé à l'ombre. Voilà, me suis-je dit, le rapport entre le soleil et la structure. L'ombre de celle-ci est dessinée par celui-là.

Qui dit dessin dit information.

Donc, avec l'ombre de la structure, le soleil m'informait de quelque chose. Plutôt, quelqu'un s'était servi du soleil et de la structure pour me dire quelque chose.

Mais quoi, au juste? L'information serait-elle reliée au trésor? à l'emplacement du trésor?

J'étais si excité que j'ai dû me lever. Je suis sorti sur mon «balcon». La lune émergeait à peine de l'horizon et ses rayons caressaient le grès rouge de la falaise. J'ai marché quelques instants de long en large puis suis rentré et me suis rassis sur la bûche.

J'aurais aimé me bercer. Cela aurait aidé ma réflexion, m'a-t-il semblé.

Mes yeux se sont portés sur le signe représentant la structure. Il comportait plusieurs angles, mais aussi cette curieuse tige sinueuse... «Comme un serpent dressé», me suis-je dit.

J'en ai conclu que l'ombre de ce «serpent» montrait quelque chose sur le terrain. Mais une ombre, cela se déplace selon la position du soleil; en été, plus précisément le 27 août, elle doit se promener d'un bout à l'autre de la clairière.

Je me suis levé et j'ai marché autour de la bûche.

«Faisons le point, me suis-je dit. Je connais le jour et le mois, mais j'ignore l'heure et l'année.»

Mais, à bien y penser, ce dernier élément d'information n'était pas pertinent. Car quel peut bien être le rapport de l'ombre avec l'année en cours? Nul, ou à peu près. L'itinéraire d'une ombre sur le sol doit varier bien peu au cours des ans. Dans le cas contraire, quelle serait, dites-moi, l'utilité des cadrans solaires? Je n'avais donc pas besoin d'indication sur ce point, mais il me fallait une heure, précise si possible.

Je me suis approché du mur, à la recherche d'autres bâtonnets. Nenni.

Je me suis concentré sur la flèche, verticale, pointant vers le bas, et j'ai compris.

Il était vingt-deux heures dix-sept, mercredi le 25 août. «Demain, me suis-je dit, je demanderai congé pour vendredi.» À même un morceau de bois de chauffage, j'ai taillé un fort piquet long de cinquante centimètres et je l'ai bien aiguisé.

Et je me suis glissé dans mon sac de couchage où j'ai vite été ravi en songe: un diadème sur la tête, Sylvie et moi descendions l'Iloise dans un rabaska plein à ras bords de pierres précieuses.

* * *

Comme cela m'arrive souvent après un rêve fastueux, je me suis réveillé d'humeur massacrante, avec un gros mal de tête. Le brouillard avait envahi la grotte et il pleuvait.

Avais-je trop pensé? Peut-être; je n'en ai pas l'habitude.

À pas hésitants, j'ai descendu vers l'Iloise et j'ai plongé dans ses eaux froides. J'ai nagé longtemps, près de la rive, parmi les herbes longues et gluantes, sans parvenir à chasser le dégoût qui m'habitait. J'ai été courageux, cependant. J'ai glissé des vêtements secs dans mon sac à dos et me suis traîné jusqu'au village en maillot de bain et chaussé de sandales.

Jasmin m'avait précédé à l'atelier.

— Voilà qu'arrive notre poule mouillée, m'a-t-il crié en guise de bienvenue.

J'ai encaissé son sarcasme sans mot dire.

J'ai pris une grande inspiration et j'ai déposé mon sac par terre. J'allais en sortir une serviette pour me sécher lorsque, s'approchant par-derrière, il m'a versé un sac de copeaux sur la tête et les épaules.

— Pauvre petit poulet! Tiens! ça va te remplumer.

Avez-vous déjà été pris d'une rage folle, qui monte du centre de votre être et vous aveugle au point de vous rendre fou? Cela m'est arrivé une fois, ce matin du 26 août, et jamais je ne l'oublierai.

J'ai sauté sur Jasmin et l'ai cloué au sol, et cela, bien qu'il soit plus fort et beaucoup plus lourd que moi.

Et voilà que je l'ai saisi à la gorge d'une main et que, de l'autre, j'ai brandi un marteau; oui, c'était bien un marteau qui traînait là, sur le sol, à côté de moi, et que j'avais saisi; et j'allais en frapper Jasmin.

Pour une poignée de copeaux sur mon dos et pour quelques propos blessants.

Soudain, j'ai réalisé la gravité de mon comportement et j'ai été épouvanté de me découvrir si violent. J'ai relâché mon étreinte, laissé tomber le marteau et me suis relevé. J'ai pris mon sac et me suis dirigé lentement vers les toilettes tandis que Jasmin se relevait à son tour en se massant la gorge. Il avait perdu l'envie de me narguer.

Oui, cela a été une grande leçon. Pour lui, bien sûr, qui a appris à me respecter; mais surtout pour moi.

Jamais plus je ne porterai la main

sur quelqu'un lorsque je serai en colère.

* * *

M. Ricard m'ayant accordé le congé désiré, ce matin du 27 août, je me suis rendu à la prison municipale plutôt qu'à l'atelier.

Je n'y suis resté que quelques minutes, Roux ne s'étant même pas retourné à mon entrée dans sa cellule. Il gisait toujours sur son lit, à plat ventre, les deux mains sur les oreilles.

— Il refuse toute nourriture, m'a dit le gardien.

En revenant vers la grotte, je me suis réjoui de ce que, contrairement à la veille, le soleil brillât. C'était utile à mon plan. Bien sûr, dans le cas contraire, j'aurais pu reporter mon incursion au lendemain ou même à quelques jours plus tard; mais alors, la localisation du trésor aurait été moins précise.

* * *

Onze heures. J'ai glissé ma montre sous le bandeau que je portais autour du front et enfoncé le piquet dans mon maillot, à l'arrière. J'ai pénétré doucement dans l'eau et nagé jusqu'à l'île.

Je me suis rendu à l'orée de la clairière et j'ai attendu.

Personne.

J'essayais de ne pas penser au serpent. Mais probablement ne le libérait-on que le soir.

À midi précis, selon l'indication de la flèche pointant à la verticale sur la paroi de la grotte, je suis sorti de ma cachette et me suis dirigé vers l'endroit où s'étirait l'ombre de la tige sinueuse qui surmontait la structure, au bout de cette sorte de serpent qui dépassait l'ensemble. À l'aide d'une pierre, j'ai enfoncé là le piquet dont je n'ai laissé hors du sol que quelques centimètres cachés par l'herbe.

Enfin, je suis revenu à ma grotte devant laquelle je me suis fait bronzer avec le sentiment du devoir accompli.

* * *

En fin d'après-midi, Sylvie m'a apporté mon costume pour la fête. Il m'allait à merveille, mais j'étais déçu.

C'était un costume de laquais.

XIV

Il faisait nuit. Et pour cause, il était près de minuit.

Nous étions dans l'île.

La commémoration de l'accueil des réfugiés par Harold Macpherson s'était ouverte sur le départ d'un rabaska pour un tour de l'île. L'embarcation ne pouvant accueillir plus de quatorze personnes, la seigneuresse Sylvie et votre humble serviteur laquais étions demeurés sur la rive en compagnie de lady Macpherson et de quelques centaines d'Inconnoises et d'Inconnois, nobles ou paltoquets. La rivière nous envoyait un petit vent frisquet.

— J'ai faim, ai-je dit, en soulevant le couvercle du panier qu'avait apporté Sylvie.

Un fin fumet de sandwichs au poulet m'a caressé les narines tandis que la seigneuresse me tapait sur les doigts.

— Attends! Les valets ne mangent pas avant leurs maîtres. Ce qu'il fait froid! a-t-elle ajouté en frissonnant.

J'ai entouré ses divines épaules de mon bras et attendu, peu de temps, car déjà le rabaska doublait la pointe de l'île. À sa proue, brandissant un flambeau, se tenait un ecclésiastique bedonnant, portant robe noire, calotte et ceinturon violet. C'était bien sûr le curé.

À peine la quille de l'embarcation avait-elle caressé les cailloux du rivage qu'il a mis pied à terre, se précipitant vers lady Macpherson et tombant à genoux — à l'instar, devait-il se dire, du pasteur de 1839.

La *lady* a reculé un peu, de peur que sa robe ne prenne feu.

— Pitié, madame! car nous avons faim et froid.

—Nous aussi! a crié quelqu'un dans un groupe d'Indiens parmi lesquels j'ai reconnu Jasmin et quelques chics braves du *Canasta*.

Lady Macpherson a aidé le curé à se relever en lui tendant une main gantée que les lèvres de l'ecclésiastique ont baisé. Puis, bras dessus, bras dessous, le couple s'est dirigé vers le manoir, suivi de nous tous.

Le banquet se tenait dans la grande salle que j'avais déjà visitée. Malgré l'absence de vitres il y faisait bon, car un feu pétillait dans l'âtre. Des fanaux, suspendus aux murs, éclairaient les lieux.

Les convives ont pris place sur des bancs, autour de tables faites de panneaux montés sur des tréteaux et couverts de toile bise.

Dès leur entrée, des valets en livrée avaient recueilli les provisions de chacun et les avaient distribuées au hasard sur les tables où déjà trônaient des pichets de faïence remplis de vin peut-être millésimé et fin.

La seigneuresse et son laquais ont

choisi la table centrale, celle au haut bout de laquelle avait pris place la *lady* dans le merveilleux fauteuil sculpté. À gauche de celle-ci se trouvait l'ecclésiastique. Un siège restait libre à sa droite.

— C'est la place de Roux, m'a chuchoté Sylvie en plaçant devant nous napperons, assiettes, verres et ustensiles.

J'allais prendre un sandwich dans l'assiette qui se trouvait devant moi, lorsque j'ai reçu un coup d'éventail sur les doigts.

— Tu te conduis comme un vil laquais.

— N'est-ce pas ce que je suis? ai-je répondu en tapotant ma perruque poudrée.

— Attends qu'on donne le signal, m'a rétorqué la seigneuresse en tirant une courtoisie dorée de son jabot de dentelle.

Pendant que, minaudant, elle s'y mirait, pour tromper la faim, j'ai essayé de reconnaître les gens autour de moi.

Cette longue ursuline revêche, au bas bout de la table, n'était-ce pas Mlle Adélaïde? Et, près d'elle, cet habitant avec tuque et ceinture fléchée malgré la saison, M. Ricard? Il fumait une pipe de plâtre. C'était lui, bien sûr, avec Jeanne à son côté, en princesse huronne qui plusieurs fois a tourné vers moi des yeux ravis.

Près d'eux, un barbier, reconnaissable à sa blouse blanche, au rasoir qui lui pendait sur la poitrine et au fait qu'il buvait dans un pot à barbe, baratinait deux paysannes qui rougissaient en riant derrière leur main. Que pouvait-il bien leur raconter? J'ai cligné des yeux et ai reconnu Gaby qui avait poussé la fantaisie jusqu'à se déguiser en lui-même.

Lady Macpherson s'est levée, longue, pâle, aristocratique. Quelques «chut!» se sont fait entendre, et, toute conversation cessant, nous avons bu ses paroles.

En quelques phrases sobres, elle nous a souhaité la bienvenue, rappelant les événements à l'origine de la fête, et a conclu en excusant l'absence de son fils Archibald «retenu ailleurs pour raison majeure».

Elle s'est rassise, sous les applaudissements de circonstance.

— C'est le moment du cadeau, m'a soufflé Sylvie.

Le curé s'est levé à son tour. Les pouces passés dans son ceinturon, il nous a annoncé que contrairement à la coutume le cadeau serait, cette fois-ci, offert à la fin du repas. Puis, il a pris son verre et l'a élevé à la hauteur de ses yeux. Les hommes se sont levés, mais les femmes sont restées assises.

— À la santé de lady Macpherson!

— Santé! a-t-on clamé en chœur.

Et l'on a fait cul sec. J'allais jeter mon verre par-dessus mon épaule, lorsque la seigneuresse a retenu mon bras.

— Ce n'est pas une coutume écossaise, m'a-t-elle dit. Assieds-toi et mange. C'est permis maintenant.

J'ai pris un sandwich; il était au beurre d'arachide.

— Où sont passés les sandwichs au poulet? ai-je demandé.

— J'ai vu un valet les déposer sur l'autre table, là-bas.

J'allais me lever, mais elle m'a pris le bras de nouveau.

— Ça non plus, ça ne se fait pas.

J'ai donc festoyé de sandwichs au beurre d'arachide arrosés de vin rouge.

— Il est importé, m'a dit Sylvie. Mon père l'a eu à bon prix. C'est un cru de l'Ontario.

J'ai avalé de travers et la seigneuresse a dû me taper dans le dos jusqu'à ce que je puisse de nouveau affronter le nectar d'outre-Outaouais.

— Sois tenace. Papa dit qu'il est meilleur après le troisième verre. Tiens! le voilà qui se lève.

À travers un rideau de larmes, j'ai discerné l'habitant maintenant debout. Il tenait sa pipe de plâtre comme un chef d'orchestre son bâton.

— Il va chanter, m'a dit Sylvie. Chut!

Elle a mis un doigt sur ses lèvres et s'est penchée sur la table pour qu'on la vît bien d'un bout à l'autre de celle-ci.

— Chut! ont fait les gens autour de nous, et avec tant de conviction que le silence s'est établi.

— Vous connaissez tous l'air de *C'est la poulette noire*, j'espère? a demandé à la ronde le père de Sylvie.

— Oui, s'il est pareil à celui de *C'est la poulette grise*, a clamé le barbier.

— Je vais quand même m'en assurer.

Et M. Ricard d'entonner: *C'est la poulette noire*, bientôt imité par tous:

Qui a «pond» dans l'armoire
Elle a «pond» un beau coco
Pour Pierrot qui va faire dodo.

Les convives se sont applaudis, mais sans exagération car l'habitant a bientôt fait renaître le silence en tapotant l'air de sa pipe magique.

— On va faire de l'impro en changeant les mots. Mais attention! «poulette» doit rester. Tu commences, barbier.

Gaby s'est levé et a entonné:
Vais décrocher la lune
Pour mes poulettes brunes

Car elles brillent d'un tel éclat
Les deux beeelles que voilà.

Et de s'incliner vers les deux paysannes ses voisines qui rougissaient sous les sifflements des Indiens et les applaudissements des autres convives. Plusieurs mains se sont levées et on a eu droit à de nombreux couplets plus ou moins réussis, dont plusieurs pourraient tout juste être reproduits dans la collection où paraît cette histoire.

À maintes reprises, le regard de l'habitant s'était posé sur moi.

— Je viens de voir se lever la main d'un laquais, a-t-il dit enfin, en me désignant.

Il mentait, mais j'étais prêt. Je me suis levé.

J'ignore quelle poulette
A pondu en cachette
J'ignore si l'œuf est en or
Mais je sais où est le trésor,
ai-je roucoulé. Debout, on m'a ovationné.

— Je ne te savais pas si vif d'esprit, m'a dit Sylvie, ébahie.

Je cherchais une réponse qui pût témoigner de ma modestie, lorsque ma quête a été interrompue par le curé qui s'était levé.

—Mes amis!... Assieds-toi, Ernest, c'est à mon tour.

L'habitant s'est rassis.

—Mes amis! Je dois vous quitter quelques instants afin d'aller quérir le cadeau que chaque année nous remettons à notre hôtesse en remerciement des services rendus à nos aïeux par son ancêtre.

—L'an dernier, c'était un collier de perles, m'a soufflé Sylvie.

—Cette année, a poursuivi le curé, le cadeau est d'un poids considérable. Aussi demanderai-je à quelques personnes de m'accompagner.

Il m'a désigné, ainsi que Gaby.

—Il me faudrait aussi un brave. Tiens! celui dont le panache est le plus flamboyant.

Et il a montré Jasmin.

En sortant, j'ai vu Gaby caresser son rasoir. Allait-il saigner Jasmin?

XV

Je cheminais à côté du curé, derrière Jasmin. Gaby, muni d'une lampe de poche, ouvrait la marche.

Le sentier montait doucement vers le kiosque.

Le curé a ralenti le pas et, me prenant le bras, m'a retenu à sa hauteur. Lorsqu'il a jugé que nous étions à une distance suffisante de nos compagnons, il m'a soufflé à l'oreille:

— Jasmin va chuter, à une vingtaine de mètres avant d'arriver au kiosque. Tu devras vite le bâillonner. Ensuite, tu lui ligoteras bras et jambes.

Tout en me parlant, il fouillait sous son ceinturon et en a sorti un grand mouchoir à carreaux et un rouleau de ruban gommé. Je les ai glissés dans une de mes manches bouffantes.

—Allons! Il faut les rattraper avant la clairière.

Nous avons pressé le pas car nous y étions presque. Un peu avant d'y arriver, le curé a pris place devant moi de façon à se trouver à la sortie du bois, juste derrière Jasmin.

La lune éclairait vivement la clairière. Gaby a éteint sa lampe de poche et le curé a appelé:

—Jasmin!

Ce dernier a tourné la tête. Il n'a donc pas vu le barbier se mettre à quatre pattes, et a basculé par-dessus. Une masse noire cernée de violet, d'une centaine de kilos, a fait de même et l'a cloué au sol.

Jasmin a ouvert grand la bouche, mais n'a pu crier car déjà j'y avais fourré le mouchoir à carreaux.

—Ne crains pas de l'enfoncer, m'a dit le curé, il est propre.

Ligoter le brave a été un jeu

d'enfant et le transporter presque un plaisir. Son panache n'en a perdu aucune plume.

Le passeur — kilt, béret et cornemuse — nous attendait dans le kiosque. Le curé a déplié une feuille de papier et l'a mise sous les yeux de Jasmin que Gaby et moi maintenions debout.

—Tu vas signer cette confession.

Jasmin a lu et a secoué la tête de gauche à droite.

—Il ne veut pas signer, a dit le curé, sur un ton triste. Il servira donc de pâture à Sosoki.

Jasmin a été traîné jusqu'à la porte sur le seuil de laquelle, assis, il a été attaché. Durant toute l'opération, le malheureux roulait des yeux effarés et émettait quelques faibles «heuheu» dont nous ne tenions aucunement compte.

Impassible, le passeur avait harnaché sa cornemuse et s'apprêtait à jouer. Il se tenait au centre du kiosque.

Sur la table, une lanterne éclairait la scène.

—Suivez-moi, a dit le curé en sortant.

En compagnie de Gaby, j'ai rejoint le curé et me suis assis à son côté sur le socle du monument au patriote. De là, nous avions une vue splendide sur Jasmin et l'entrée du kiosque.

—N'est-ce pas trop dangereux? ai-je demandé à voix basse.

—Non. Il n'est pas venimeux. Sosoki est un serpent python qui ne fait que s'enrouler autour de sa proie pour la broyer avant de l'avaler.

Le curé avait élevé la voix de façon que Jasmin l'entende. Beaucoup plus bas, il a ajouté:

—Aucun danger. Il est apprivoisé et n'attaque pas l'homme. C'est le passeur qui l'a déniché je ne sais trop où, l'an dernier. Il est devenu la mascotte des Macpherson. Roux l'aime beaucoup et joue souvent avec.

De la cage, quelques notes ont fusé comme un appel, puis le silence est retombé sur la clairière. Quelques secondes seulement, et bientôt la mélodie a repris et a rempli la nuit.

Un long boyau s'est glissé près de nous et s'est arrêté lorsque le passeur a cessé de jouer. Puis, de nouveau, la musique et le python de serpenter en direction du kiosque.

Longtemps, le passeur a joué ainsi avec la bête qui, lorsqu'elle s'immobilisait, tête relevée à deux pieds du sol, faisait «...sissss!»

C'était, de notre point de vue, très impressionnant et tout à fait épouvantable, je suppose, de celui de Jasmin. De l'endroit où j'étais, je distinguais mal ses traits, mais sa face avait la teinte d'une neige de ville.

— J'ai l'impression qu'il en a assez, ai-je chuchoté.

— Attendons encore un peu, a dit le curé.

De fait, il a attendu jusqu'à ce que la gueule du python effleure presque les genoux de Jasmin.

— Stop! a-t-il alors crié.

Et le passeur a cessé de jouer pour de bon.

— Sissss, sifflait le serpent python, dans un face à face dramatique avec Jasmin.

Mais ce dernier n'osait même pas émettre le moindre petit «heuheu». Seuls ses yeux parlaient. Et ce qu'ils disaient aurait empêché n'importe quel brave de dormir.

Le curé s'est approché et a sorti la feuille de papier de dessous son ceinturon. Avant même qu'il l'ait dépliée, Jasmin a hoché fortement et à plusieurs reprises la tête de haut en bas.

— Sosoki devra se passer de dîner, a dit Gaby.

— C'est la vie! ai-je rétorqué en délivrant le bras droit de Jasmin pour qu'il puisse signer.

Ce qu'il a fait sans même avoir pris le temps de relire sa confession, Sosoki regardant par-dessus son épaule.

Le passeur a sorti la cage d'un fourré où il l'avait cachée et, en musique, y a fait entrer le serpent.

— Clac! a fait la porte de la cage en se refermant tandis que, de nouveau, le sang irriguait le visage de Jasmin.

Jambes écartées, mains sur le ventre, le curé s'est campé face à ce dernier.

— Nous allons te détacher, mais tu vas nous accompagner jusqu'au poste de police. Et si jamais l'idée de fuir te passait par la tête, chasse-la vite. Ce serait le plus sûr moyen de retrouver Sosoki dans ton lit, un de ces soirs.

* * *

Pendant que mes compagnons, encadrant Jasmin, discutaient avec le policier de garde, j'accompagnais un gardien jusque dans la cellule de Roux.

À notre arrivée, il dormait.

— Tu es libre, Roux, lui ai-je dit en le secouant un peu.

Il s'est réveillé, m'a fixé un moment, l'air désabusé. Il allait se tourner de côté lorsque je lui ai pris le bras et lui ai montré la porte de la cellule restée ouverte.

Roux a compris.

Il s'est levé et a couru jusqu'au seuil. Ce n'est qu'après l'avoir franchi que, rassuré, il s'est mis à sautiller.

Nous avons dû freiner son enthousiasme afin de laisser passer le nouveau prisonnier qui allait prendre sa place dans la cellule.

La porte s'est refermée sur Jasmin.

Or, voilà que Roux refuse de nous suivre. S'agrippant à un barreau de ses deux mains puissantes, il veut forcer la porte. Pas plus que lui-même, il n'accepte qu'une autre personne soit emprisonnée.

— Viens Roux, lui dis-je, pendant que le curé, l'ayant saisi à bras le corps, tentait de l'entraîner.

Mais rien n'y a fait; ce diable de Roux ne voulait pas abandonner Jasmin. À chacun de nos essais pour le raisonner, il tournait vers nous un regard désespéré, noyé de larmes et secouait la porte de plus belle.

Il a fallu en passer par la volonté de Roux. Jasmin a été délivré sous condition de se présenter au poste le lundi suivant.

Ce sont donc cinq lascars qui ont pénétré dans la salle de fête du manoir des Macpherson, aux petites heures du matin alors que les convives, dessert englouti, sirotaient leur café et que Mlle Adélaïde cuvait son vin ontarien sous la table.

Durant le trajet du retour, le curé s'était longuement entretenu avec Jasmin.

XVI

Roux était maintenant assis à côté de sa mère et le brouhaha qu'avait provoqué son entrée dans la salle s'était calmé.

— Chers Inconnois et Inconnoises, a dit le curé. Le cadeau que nous offrons cette année à notre hôtesse est de taille, puisque nous lui rendons son fils emprisonné injustement. Mais est-ce bien un don? N'est-ce pas plutôt simple justice de notre part, l'incarcération de cet innocent découlant directement de la méchanceté de certains d'entre nous qui ont poussé la vilenie jusqu'à rédiger une pétition exigeant son internement?

Pendant que le curé parlait, Roux tapait sur le serpent sculpté dans le bois du siège où trônait sa mère. «Heu-heu» faisait-il en même temps, demandant à sa façon qu'on aille chercher son copain Sosoki.

—Abomination! a poursuivi le curé, si fort que Roux a cessé son manège. Nous allons lutter contre cette infamie avec des armes de même calibre. Notre brave Jasmin, ici présent, a été touché par la détresse de Roux et a rédigé une autre pétition que je vous demanderais à tous de signer. À toi, Jasmin.

Le brave au panache flamboyant s'est levé et a lu un texte pathétique où il était question de Roux, de la bonté, de l'innocence et de la pureté de Roux, de la dureté de son cœur à lui, Jasmin, et des cœurs de ses compagnons égarés, guère plus tendres; un texte donc, où Jasmin regrettait ce qu'il avait fait et promettait de ne plus jamais recommencer.

Les chics jeunes gens du *Canasta* n'en croyaient pas leurs oreilles tandis que d'autres convives laissaient perler quelques larmes du coin de l'œil. Quant à Roux, il avait découvert Mlle Adélaïde sous la table et essayait de la sortir de là en la tirant par un bras.

— Pour conclure, a poursuivi Jasmin, les soussignés demandent que monsieur Archibald Macpherson soit embauché par la municipalité au poste d'aide sacristain de la paroisse de Saint-Inconnu.

— Quoi? a hurlé le maire, vêtu en mousquetaire. Ai-je bien entendu?

Il a essayé de se lever mais n'a pu le faire, retenu par son épée, coincée entre les barreaux de sa chaise. C'est donc assis qu'il a poursuivi:

— Pourquoi donc la municipalité paierait-elle pour l'entretien de l'église?

— Mais, Antoine, a dit doucement le curé, tu sais bien que cette église est un monument historique. À ce titre, son entretien relève plus du pouvoir public que de la fabrique. Ce n'est pas cette dernière qui va encaisser l'argent des touristes.

— Des touristes? Il n'en est venu qu'un seul en cinq ans; parce qu'il s'était perdu!

— J'ai utilisé le futur, a répondu le curé.

Pendant ce dialogue, Roux avait réussi à tirer Mlle Adélaïde jusque dans l'allée. Il a essayé à plusieurs reprises de l'asseoir sur une chaise, mais elle retombait toujours.

Mon patron, l'habitant Ricard, a pris la parole à son tour.

— Si l'église est historique, pourquoi ne pas demander une subvention au gouvernement?

— C'est ça! une subvention, a presque crié Gaby, imité par plusieurs.

Vin ontarien? Subvention? Toujours est-il que le maire s'est laissé convaincre et a promis d'embaucher Roux, si tel était le désir de la majorité. Entre-temps, celui-ci s'était désintéressé de Mlle Adélaïde et était retourné s'asseoir à côté de sa mère.

Quant à Jasmin, il circulait entre les tables et présentait sa pétition que tous ont signé, même les chics braves du *Canasta*.

Tant il est vrai que bien peu savent résister à la pression sociale.

— Il est très fort, m'a dit Sylvie.

— Qui?

— Le curé.

— Pourquoi?

— Réfléchis! *Primo*, il sauve Roux et le rend pour ainsi dire intouchable en l'attachant à l'église; *secundo*, il obtient une aide gratuite pour ses petits travaux d'entretien; *tertio*, il réussit à mettre la main sur une somme assez rondelette qu'il va verser au fonds pour sa cloche.

— Quelle somme?

— L'argent fourni par les paroissiens pour le cadeau de lady Macpherson; l'équivalent, je suppose, d'un collier de perles de bon prix.

— Mais l'argent n'est pas à lui. Il ne peut pas en disposer comme il l'entend.

— Il va s'arranger pour qu'on le lui donne. Tiens! voilà papa qui se lève. Il va probablement annoncer l'ouverture de la chasse au trésor.

— La nuit se meurt, a dit l'habitant en agitant sa pipe, et déjà le soleil mordore l'horizon. Vous connaissez l'enjeu: celui ou celle qui trouvera le coffret renfermant le vieux kilt jadis porté par l'ancêtre Harold et que lady Macpherson a caché dans l'île le conservera toute une année. De plus, son nom sera gravé sur le coffret, immortalisant son exploit comme celui des vainqueurs de la coupe Stanley. Des questions?

— Et si on trouve le vrai trésor? ai-je demandé.

— On le garde.

— Non! a crié le curé. Il servirait à l'achat d'une nouvelle cloche. Ah! Gaby. J'ai besoin d'un coup de main de ta part avant que tu ne t'égailles dans la nature avec tes compagnes. Tu vas m'aider à porter Mlle Adélaïde dans un lieu où elle pourra dormir plus «chrétiennement».

Le barbier a soupiré tout en adressant un geste d'impuissance aux deux paysannes.

— Bonne chance! a lancé M. Ricard aux convives.

Et ceux-ci d'émailler champs et bois telles des pierres précieuses parmi les perles de rosée.

— Viens! ai-je lancé à Sylvie en m'élançant au pas de course vers la clairière sur des escarpins qui me torturaient les pieds.

Troussant sa robe à deux mains, la seigneuresse m'a suivi du mieux qu'elle pouvait. «Par ici!», lui ai-je crié alors qu'elle débouchait dans la clairière où, toujours courant, je zigzaguais à la recherche d'un piquet que mon pied a fini par heurter.

Je suis tombé à plat ventre et Sylvie a plongé sur moi comme on le fait sur un ballon de football échappé.

— J'ai attrapé mon trésor!

— Il est dessous, ai-je dit.

— Grand fou!

* * *

Dommage qu'il n'y ait que quatorze pelles, a dit le maire en s'épongeant le front.

Nous formions un cercle et creusions depuis une heure. Autour, on pariait.

— Dix contre un que tu t'échines pour rien, a lancé l'habitant à l'ecclésiastique.

— Tu perds à coup sûr car, s'il n'y a rien, le trou servira à enterrer les restes de Bob. Oups! Ma pelle vient de frapper quelque chose.

Toutes activités cessantes, appuyés sur leur pelle, les ouvriers se sont penchés sur le trou. Autour, on s'est rapproché.

— On dirait du papier de plomb, a dit le curé. Ça se déchire. Tiens! du bois.

Vite, on s'est remis à creuser afin de dégager la chose qui s'est avérée être une caisse en bois de cèdre de bonnes dimensions.

— Je me demande ce qu'il peut y avoir là-dedans, a dit le curé.

— On va vite le savoir, a rétorqué Gaby.

Et voilà qu'il prend un pic, en assène un grand coup sur la caisse et qu'il sort de celle-ci un son argentin si pur que le curé, de ravissement, est tombé à la renverse en criant: «la cloche!»

Épilogue

Mon problème est réglé. Rappelez-vous: celui qui me préoccupait tant au début de cette histoire, mon choix de carrière.

Je serai ébéniste. M. Ricard a dit que j'avais la main.

Et je m'établirai à Saint-Inconnu où je suis très populaire. Pensez! J'ai trouvé la cloche plus que centenaire. D'ailleurs, on lui a donné mon nom. «Tiens! voilà Bob qui sonne», a-t-on l'habitude de dire dans le village lorsque s'envole son divin tintement.

Je me suis déjà installé à demeure. J'ai quitté la grotte pour un bel appartement loué à Mlle Adélaïde. Je le partage avec Jasmin, car nous sommes copains maintenant qu'il ne taquine plus Roux.

Curieux? C'est la vie!

Notre logement est vaste et comprend une chambre d'amis. Alors, s'il vous arrivait un de ces étés de canoter sur l'Iloise, arrêtez-vous en passant.

Ne cherchez pas le village sur la carte, il n'y figure toujours pas. Plutôt, écoutez bien entre chaque coup d'aviron. Lorsque votre oreille percevra une musique céleste qui rappelle le dernier mouvement de *L'Arlésienne,* vous saurez que vous êtes arrivé.

Et que, suspendu à la corde du clocher, c'est Roux qui vous appelle: Roux le sacristain, Roux le pur, Roux le fou, qui sonne quand ce n'est pas l'heure, sous l'œil indulgent d'un curé à l'oreille ravie.

Boréal Inter

Boréal Junior

1. Corneilles
2. Robots et Robots inc.
3. La Dompteuse de perruche
4. Simon-les-nuages
5. Zamboni
6. Le Mystère des Borgs aux oreilles vertes
7. Une araignée sur le nez
8. La Dompteuse de rêves
9. Le Chien saucisse et les Voleurs de diamants
10. Tante-Lo est partie
11. La Machine à beauté
12. Le Record de Philibert Dupont
13. Le Bestiaire d'Anaïs
14. La BD donne des boutons
15. Comment se débarrasser de Puce
16. Mission à l'eau
17. Des bleuets dans mes lunettes
18. Camy risque tout
19. Les parfums font du pétard
20. La Nuit de l'Halloween
21. Sa Majesté des gouttières

Typographie et mise en pages:
Les Éditions du Boréal

Achevé d'imprimer en octobre 1993
sur les presses des Ateliers graphiques
Marc Veilleux, à Cap-Saint-Ignace, Québec